暗闇の中の愛

レベッカ・ウインターズ
東山竜子 訳

ハーレクイン
SP
文庫

BLIND TO LOVE

by Rebecca Winters

This edition is published by arrangement with Harlequin Enterprises ULC.

Published by Harlequin Japan,

a Division of K.K. HarperCollins Japan, 2024

レベッカ・ウインターズ

17歳のときフランス語を学ぶためスイスの寄宿学校に入り、さまざまな国籍の少女たちと出会った。帰国後、大学で多数の外国語や歴史を学び、フランス語と歴史の教師に。ユタ州ソルトレイクシティに住み、4人の子供を育てながら作家活動を開始。これまでに数々の賞を受けてきたが、2023年2月に逝去。亡くなる直前まで執筆を続けていた。

◆主要登場人物

エリザベス・アンソン……結婚したばかりの二十三歳。愛称リビー。
バンス・アンソン…………リビーの夫。アンソン鉱業社長。
マーティン・ディーン……アンソン鉱業の技師長。
ピーター・フロムズ………バンスの元親友。アンソン鉱業の社員。
チャールズ・ランキン……弁護士。バンスの友人。
スティルマン……………医師。

1

「先生、じゃあ、夫の目は一生見えないとおっしゃるんですか？」リビー・アンソンは取り乱しそうになる自分を必死で抑えた。ロンドンからナイロビへ向かう間中、夫の病状は一時的なもので、手術さえすれば視力が戻るということに希望をつないできたのだ。

「お気の毒ですが」医師は静かにそう答えて、リビーの最後の希望の火を消した。「坑道の天井が崩れ落ちたとき、鉱石のごく小さなかけらがご主人の頭に突き刺さったんですね。それが視神経を切断したと思われます。というのは、ご主人は明かりもまったく見分けられないのです。まことにお気の毒です」

「私には信じられませんわ」リビーは首を振った。つややかな黒髪がふわりと肩の上に落ちた。「バンスはそのことを知ってますの？」

「ええ。ご主人は意識を回復するとすぐ、本当のことを知らせてほしいとおっしゃいまして」

「でも、事故が起きてからもう二週間以上たっているのに、どうして誰も私に連絡してくれなかったんでしょうか。もっと早く知らせてくれたらすぐに飛んできましたのに。彼がずっと病院のベッドに寝かされている間、私は何も知らずにいたと思うと……」彼女の言葉がとぎれた。

「ご主人はもうご家族と連絡を取っておられるものと私は思っていたんです。ところが一昨日、アンソン鉱業の従業員を除いては電話も訪問客もないことがわかり、僭越《せんえつ》ながら会社の方に電話をしてご家族の電話番号を聞きました。ミスター・ディーンという方が、ロンドンのお父上が一番の近親者だとおっしゃったので、すぐに電話を差し上げたわけです」

リビーは気色ばんだ。「バンスは私のことを言わなかったのですか？　いったいどうしてかしら」

医師は彼女の卵形の顔に浮かんでいる困惑した表情を見守った。「実はあなたがさっきここに来られるまでは、ミスター・アンソンが結婚されていることすら知らなかったんですよ。ご主人の会社のどなたもご存じなかったようです。結婚なさってどれくらいになられますか？」

リビーは呼吸を整えた。「三週間です。結婚式の直後に、バンスは鉱山で起こった緊急事態に対処するためこちらへ帰らなければならなくなったのです。数日間で戻る予定だったので、私はロンドンに残って彼の帰りを待ち、それからハネムーンに出発することになっていたんです。でも、彼からは何の連絡もなくて」彼女の声が震えた。「バンスの行ったところは、電話もない高地だから、彼が連絡の取れる場所に着き次第、電話をくれるはずだったのに」リビーは言葉を切った。「先生が彼の父に電話をかけてくださるまで、私たちは事故が起きたことなど全然知らなかったんです」リビーの心は新たな苦痛にさいなまれた。私たちが結婚したことを、バンスは誰にも知らせていなかったなんて。

「私がどれほどほっとしているか、あなたにはおわかりにならないでしょう」医師は優しくほほ笑んだ。「これで謎《なぞ》が解けた気がしますよ」

リビーはほっそりとした長い脚を組んでいたが、その脚をほどき、身を乗り出した。

「どんな謎ですか、スティルマン先生？」

「確かにご主人は誇り高い方ですが、こんな状態になっても、あくまで人の助けを拒否しようとするので私は不審に思っていたんですよ。しかしあなたにお会いして、その理由がわかりました」

「どういうことですか？」リビーは医師を見据えて口早に聞いた。

医師は頭の後ろで両手を組んだ。「もし結婚したばかりの美しい妻がいて、突然視力を失ったとしたら、私ならまず自殺を考えるでしょうからね」

「まさか先生は、バンスが生きる望みを失ったとおっしゃってるんじゃないでしょうね」リビーは大声で言った。「だから彼は、すぐ私に連絡を取ろうとしなかったんでしょうか」

「いや、決してそんなことはありません」医師は慌てて言った。「しかし、あの事故以来、彼はすっかり自分の殻に閉じこもってしまった。つまり、人に頼らなければならないという考えに耐えられないのです。ことにあなたに頼らなくてはならないと思うと我慢できないのでしょう。彼は優秀な人間で仕事でも成功をおさめ、ケニアの鉱山事業界では人もうらやむ存在です。大勢のスタッフが彼の命令を待っている。その上妻を得たばかりで、彼はその妻にとって、つまりあなたにとってすべてでありたいと願っていた。そこへ突然視力を奪われ、自分の能力に自信を失った。あなたの保護者であり扶養者であり、恋人であり続ける自信を……」

「目が見えても見えなくても、バンスは私にとってすべてなんです！」リビーは声をうわずらせて言った。「先生がバンスの父に電話をしたのは、私がつかまらなかったからだと思ってましたわ。まさかバンスが私の名前を出さなかったからだとは……こういう状況に置かれると、人はみな同じような反応をするんでしょうか？　自分を一番愛している人たちに背を向けようとするんですか？」

医師は目をそらし、自分の前にあるフォルダーの端を親指でなぞった。「こういう場合は、どんな形にしろ落ち込むのが普通ですが、当然それぞれのケースによって反応は違ってきます。たいていの男性と同様、ご主人も完璧《かんぺき》な夫でありたいと願っていらっしゃったと思います。しかし目が見えなくなるとは考えてもみなかったでしょうから、ご主人もどうすればいいのかわからないんですよ。彼は恐れているのです」

リビーの目に涙があふれた。「バンスが何かを怖がるなんて、私には想像もできませんわ」

「ご主人にも、想像を絶することでしょう」

リビーは医師の言葉に胸を突かれ、涙を振り払った。今のバンスは闇《やみ》の中なのだ。彼の苦悩はどれほど深いことか。「痛みはあるんでしょうか？」

「ときおり頭痛が起こるほかは、肉体的には問題ありません。ただ、今度の事故のことでご主人は自分を責めているのではないかと心配しているのです。二人の人間が命を落としたので」

リビーは息をのんだ。初めて知る事実だ。夫の負傷のことで頭がいっぱいだったのだから。

「だから私は、彼の面倒を見てくれる親友か家族の方が来られるまで、退院させたくなかったんです。今までご主人はどんな援助の申し出も断っておられます。会社のごくわずかな人たちを除いて、見舞い客さえも。それで先ほどご説明したように、お父上に電話を差し上げたわけです。あなたが見えて、本当に安心しました。なにしろご主人は今日退院するとおっしゃって聞かないものですから。簡単には折れないでしょうが、でも間違いなくご主人はあなたを必要としておられます。覚悟はおありですか？」医師は心配そうに彼女を見た。

リビーは深呼吸して、わずかに顎を上げた。「私は、バンスが私を必要としている以上に、彼を必要としているんです。私は妻ですもの。生涯ともに人生を送るつもりですわ」

医師の顔にほっとしたような微笑が浮かんだ。「あなたのような奥さんを持ってご主人は幸せだ。いつかご主人もそのことに気づかれるよう祈ってますよ」

医師の言葉はリビーの不安を大きくした。二週間の間、バンスは自分の周りに壁を築いてきたのだ。

「夫に会ってきます」リビーはきっぱりと言うと立ち上がった。「いろいろありがとうございました、スティルマン先生」

医師も立ち上がり、彼女の手を握った。「好運を祈ってます、ミセス・アンソン。まもなく私もご主人の具合を見に寄りますが、もし聞きたいことがあればそのときに何なりと。そうだ、昼食を持っていかれたらいい。あまり食欲がないようなんです。まあ、無理もありませんが。しかし、あなたならうまくやれるかもしれない」

リビーの不安はさらに募った。「努力してみますわ」

「個人的な質問をさせていただいていいですか?」

「もちろん構いませんわ」リビーは、どうして医師がこんなに熱心になるのだろうと思いながら相手の目を見つめた。

「ご主人とはいつお知り合いになったんですか？」

「三年前です。私の義理の父が買った牧場が、彼の家族の地所の隣だったんです。それが何か？」

「あなた方が知り合ってすぐ結婚なさったんじゃないとわかって安心しましたよ。少なくともあなたは、ご自分がどんな困難に陥ったか自覚されているようですね」

リビーは医師の部屋を出てドアを閉めると、ドアにぐったりともたれかかった。医師が思っているように、私は本当にバンスのことを理解しているだろうか。確かに電撃的な結婚ではなかったが、彼はケニアに、そしてリビーははるかジュネーブのインターナショナル・スクールにいたから、二人で過ごした貴重な時間はごくわずかなものだった。バンスが自分に会いに帰ってくる機会を、リビーは宝物のように大切にしていた。そして彼女が、再び離れ離れになるのはもう耐えられないと思ったとき、バンスが結婚を申し込んでくれたのだ。

彼女はドアから離れ、夫に会ったら何を話すべきか考えた。たとえ目が見えなくなっても、私たちはすばらしい結婚生活を送ることができると彼を説得しよう。何といっても私たちは愛し合っている。私が彼の目になってあげよう！　それに子供ができたら家庭は充実する。バンスさえ気が変わっていなければ、の話だけれど。

リビーは明かりの下で立ち止まり、左手の結婚指輪を見つめた。二人が結婚したという確かな証拠だ。幅の広い打ち出し細工の金の台に、涙形をした紫水晶がはめ込まれている。金も紫水晶もアンソン鉱山から掘り出されたものだ。紫水晶が私の目の色を思い出させると言ったバンスの言葉が忘れられない。突然彼の腕に抱かれたいという衝動に駆られ、彼女は看護師の詰め所に向かって廊下を駆け出していた。

昼食のトレーを持って、リビーはバンスの個室のドアを開けた。

「トレーはそのまま元のところに戻しておいてくれ」バンスの深い声が響いた。聞き慣れたいつもの力強い声だ。「僕はすぐにここを出てゆくから、無駄になるだけだ」

リビーは自分の名を告げるのをためらい、ゆっくりと部屋を横切って彼のそばに近寄った。

「腹はすいてないと言っただろう！　この……」言葉がとぎれ、彼は身構えるような態度をとった。「この香水は……」再び言葉を切って、手で髪をかきむしりながら顔を背けた。

リビーの手が震えて紅茶茶碗がかたかたと鳴り、皿の覆いが滑り落ちた。注意深くトレーをベッドのわきのテーブルにのせると、彼女は振り向いてバンスの姿をむさぼるように見た。コーヒー色の絹のパジャマとガウンを着ている。友人か会社の人間が持ってきたのだろうか。こういうのが彼の好みなの？　それとも秘書が買ってきたのかしら。

リビーの自信はまた揺らぎ始めた。彼女はこの土地に住んでいたときのバンスをほとんど知らないのだ。手紙の文面や電話での会話だけでは、日常のこまごましたところまではわからない。

彼の表情がほとんど変わってないことにリビーは驚いた。口の周りのしわは深くなり、唇は皮肉っぽくゆがんでいる。しかし圧倒するような男らしい魅力は相変わらずだ。どうやら自分で髭《ひげ》をそると言い張ったに違いない。いつもはあれほど身だしなみにうるさい彼が、何箇所かそり残している。髪は伸び、やせているが、やはり以前と同様完璧な男性に見えた。

リビーは魅入られたように、彼が荷造りする様子を見守った。品物がスーツケースの中に、めちゃくちゃに投げ入れられている。カセットテープがいくつかベッドから滑り落ちたとき、バンスは口汚くののしった。彼がベッドの手すりを伝って四つん這いになり、テープを手探りで拾い集めようとしたとき、リビーは、心臓を冷たい指でぎゅっとつかまれたような気がした。

手伝おうと無意識のうちに動きかけたとき、彼が唐突に頭を上げた。ベルベットのようなきれいな茶色の目がまっすぐリビーを見つめている。しかしその目には怒りが現れていた！　この目に何も映らないなんて。

「いったい何が望みなんだ？　君はミセス・グラディじゃないな。彼女なら、僕に無理に食べさせようとはしないはずだ」

意地の悪い言い方に身震いしながら、リビーは彼を見回した。傷はどこにも見えない。

一年を通して消えることのないマホガニー色の日焼けが、いかにも健康そうに見せている。しかし彼は今大変なショックを受けているに違いない。

「もう充分見たかい、そこの誰かさん?」うなるような声にリビーは飛び上がった。「目の見えない人間を観察するのは失礼だってことぐらい、わからないのか?」

リビーは怖《お》じ気づいた。外見は確かにバンスだが、私の知っている彼とは別人だ。彼女は額の辺りが汗ばむのを感じた。これではいけない。私は、さっきまで決してするまいと考えていたとおりの応対をしている。

「バンス?」彼女の声は救いを求めるように震えていた。

バンスは鋭く息をのんだ。「何てことだ! 君なのか」その声はかすれていた。引き結ばれた唇は白くなっている。「リビー」バンスは彼女の名前を呼んだ。まるで深い闇から聞こえてくるようだ。しかしその声には、紛れもなく親密さを感じさせるものがあった。

「そうよ、バンス」彼女は病室を急いで横切った。「あなたは本当はロンドンに戻らなければならなかったんだけど、事情が事情だから許してあげるわ」そうささやくとバンスの首に腕を回し、この二日間の思いのありったけをこめてキスした。体はこわばったままだったが、最初彼は無意識のうちに抱擁を返そうとした。しかしすぐリビーを押しのけ、ベッドの反対側にあとずさりした。そして、ベッドを上げ下げするためのハンドルにぶつかった。彼はまた毒づいた。その胸は息を切らしたように大きく上下している。

「ここで何をしてるんだ、リビー?」その声は冷ややかで敵意に満ちていた。

リビーはつばをのんだ。「それが自分の妻にする質問かしら?」

バンスは拳《こぶし》をガウンのポケットに突っ込み、体をリビーから半ば背けるようにして立っている。その表情は石のようだった。「君にはここに来てほしくないと伝えたはずだ。手紙に書いてあっただろう」

リビーは足を踏み出した。「何の手紙?」

「僕が病院で秘書に書き取らせた手紙だ。確かに投函《とうかん》したと秘書は言ったが」

「バンス……私、手紙なんて受け取ってないわ」

長い沈黙が続いた。彼はリビーの言葉を信じていいのかどうか考えているようだった。

「もしその話が本当だったとしても、君がここに来る理由はない。最初の予定では、僕の方から君に連絡することになっていたじゃないか」

「昨日の朝、スティルマン先生からあなたのお父様に電話があって、事故のことを知らされたの。お父様がすぐ電話をくださったので、できるだけ早い飛行機の予約を取ってやってきたのよ」彼の顔が青ざめた。拳を固く握っているのがわかる。「バンス、どうして事故のことを教えてくれなかったの?　こんなに重要なことをどうして知らせてくれなかったの?　知っていたら、私、すぐ駆けつけたのに」

リビーが彼の手を優しく握ったとたん、バンスは手を振りほどき、後ろに下がった。彼がこんな態度を見せたのは初めてだ。リビーの心は痛んだ。

「君は来るべきではなかったんだ」彼は不機嫌につぶやくと、何か投げつけるものでも探すようにスーツケースの中を手探りした。「手紙は速達で送ったんだ。医者のお節介がなければ、ここに来る前に君の手に届いただろうに。手紙には、君に来てほしくない理由と、僕たちの結婚を解消するわけを説明しておいた」

リビーは必死で落ち着こうと努めながら大きく息を吸った。「じゃあ、私はもうここに来てしまったんだから、直接聞かせてもらうわ」

彼のこめかみの血管は脈打ち、唇の周りはさらに白くなった。「家に帰るんだ、リビー。ここで君にできることは何もない」バンスはスーツケースを閉めようとしたが、紐《ひも》がはさまって閉まらなかった。

覚悟はしてきたつもりだったが、彼がこれほど残酷な態度を見せるとはリビーには思いもよらなかった。目の前のバンスは、今まで見たことのない、よそよそしい他人だった。

「ここが私の家よ」彼女はささやいた。「三週間前に私たち、結婚したのよ。あのときの誓いの言葉に、富めるときも貧しいときも、病のときも健やかなときも人生をともにするとあったわ」

「僕は目が見えなくなったんだよ、リビー。病気や何かとはまるで違うんだ」

「でも、あなたは生きているじゃない！」彼女は急に胸がいっぱいになった。「事故があったと聞いたとき、あなたが生きてさえいてくれればとそれだけを祈っていたの。目が見えなくなったのはひどい不運だけど、生きている限り何とかできるわ。私がお手伝いするから。あなたのためなら、どんなことでもするわ」

「だめだ、リビー！」彼は両手を固く握ったままベッドのわきに立っている。ほかの人間だったら彼の警告を聞き入れ、恐れをなして立ち去っているだろう。「もう、僕たちはおしまいなんだ。医者には、見舞い客は全部断るよう言っておいたのに」

「でも妻は別よ。どうしてスティルマン先生に、結婚していることを話さなかったの？　私がそれほど信頼できなかったの？」

「そんなことが理由じゃない。それは君だってわかっているはずだ」彼は両手で髪をかきむしった。「今の僕の気持は君にはとうていわからないよ、リビー」

「じゃあ、わかるようにして！　愛しているわ、バンス。あなたの妻でいさせてちょうだい。お願いだから私を抱いて」

「やめろ、リビー。事故で何もかも事情が変わったんだ」

「あなたの愛までも？」

バンスの顔に一瞬苦痛の影が走ったようだった。「僕は、君が結婚した男とは別の人間なんだ。目が見えなくなるということは、考えられる限りのあらゆる意味で、将来を変えてしまう。生まれ変わったも同然さ。そして僕は何もかもやり直さなければならない。ただし一人でね。手紙が間に合わず、君に無駄足を踏ませて申し訳なかったね」

「無駄足?」リビーの胸に怒りがわき起こった。「私たちが結婚したという事実は、あなたにだって変えられないわ。まだ始まってもいない結婚をあきらめるつもりはありませんからね」

「何と言っても無駄だ!」リビーの話に耳を傾ける気などないらしい。「今日の午後、僕は退院してフラットに帰る。車を手配して、君を空港に送らせよう。ロンドンに戻る次の便に間に合うかもしれない」

「本気じゃないでしょう?」

「生涯でこれほど本気になったことはないよ」

「ロンドン行きの便は明日の朝までないわ」リビーは時間を稼ぐため、とっさに思いついたことを言った。「でも、あなたがどうしても私を追い払いたいというのなら、自分でタクシーを呼んでホテルに行きます」

「だめだ。一人でホテルに泊まるなんて許さない。君はナイロビをよく知らないし、しかもこの土地を一人で歩くには美しすぎる」彼はいらいらした様子で日に焼けた首の後ろをこすり、何かつぶやいた。「どうやら僕のフラットに連れて帰るしかなさそうだな。明日の朝一番にタクシーを呼んで、空港に連れてゆこう」

「バンス、私はもう二十三歳よ。大人の女よ。あなたの命令を聞く義務なんてないわ!」

思わず言葉がリビーの口をついて出た。

バンスの黒い眉が威嚇するように上がった。「それもそうだ。おまけに君が結婚した男はもう存在しないんだからな」彼はバスルームに入るとドアを荒々しく閉めた。

「自分を哀れむのはやめて！」怒りに任せてリビーは叫んだ。

「ミセス・アンソン？」

リビーはさっと振り向いた。頬はかっと熱くなり、体は燃えるようだった。「スティルマン先生……」

「ちょっと出ていらっしゃいませんか？　お話ししたいことがありますので」

リビーは医師のあとについて廊下に出、壁に寄りかかった。バンスとの対決で体中の力が抜け、気分が悪くなっていた。「私たちが喧嘩《けんか》をしているのをお聞きになったでしょう」彼女は両手で顔を覆ってつぶやいた。「かんしゃくを起こしたりして恥ずかしいと思います。でも、彼は私を寄せつけようとしないんです」

「私もたぶんそうなるんじゃないかと思っていました。彼自身がまだ、自分が盲目だという事実を受け入れられないんです。目が見えなくなったことが信じられないんです。それに加え、あなたが突然現れたことにショックを受けてあんな反応を示したのです」

リビーは顔を上げた。「じゃあ、いつまで待てばいいんですか？　私は彼の妻なんですよ。こんなに愛しているのに」

医師はうなずいた。「的確な答えが出せたらいいのですが、私には何とも言えません。しばらくは時間を与えてあげるしかないでしょう」

「でも私には時間はありませんわ。彼は明日の朝の飛行機でロンドンに帰れと言うんです」

「まだ今日は終わっていませんよ。ところで今日の予定は?」

「彼はフラットに連れてゆくと言っています。私たちの農園に連れていってくれるものと期待していたのに。私たちがいろいろ計画していたことを思うと……」彼女の声がかすれてとぎれた。

「あきらめるのは早すぎますよ。まだ第一日目なんですから。それに私がいつもここにいることを忘れないでください。時間にかかわりなく電話をしてくださって結構です。退院のための書類や痛み止めの薬と一緒に電話番号を渡しておきますから。それから師長のミセス・グラディは、視力障害の看護には実績があります。きっとお役に立つでしょう」

リビーには明朝以降のことなど考えられなかったが、それは口にしなかった。「いろいろありがとうございました。本当に感謝します」

医師はリビーの腕を軽くたたいた。「がんばってください」

リビーが再び病室に戻ると、バンスはつき添い人の手伝いですでにジーンズとサファリシャツに着替えていた。二人で乗馬に出かけるときよくしていた格好だ。少し肉が落ちて、浅黒いハンサムな顔がさらに強調され、背が高く見える。厳しい表情だがとても魅力的だった。

「バンス？」

「どこに行ってたんだ？」

リビーの想像かもしれないが、ぶっきらぼうな口調の裏に気遣いが感じられた。

「スティルマン先生が挨拶《あいさつ》しに来てくださったの。昼食は？　出かける前に何も食べないの？」

「今何か食べると、喉につかえるってことが君にはわからないのか？」

「じゃあ、それは私がいただいてもいいかしら？　昨日の午後から何も食べてないの」先ほどホールで起こっためまいがますますひどくなり、リビーは手近の椅子にくずおれるように座った。吐き気に襲われ、汗が吹き出した。

「リビー？」

バンスは今度は間違いなく心配そうな声を出したが、彼女はあまりにも気分が悪くて答えることもできなかった。

彼は手探りで近づき、リビーのうなじに手を当てた。「汗ばんでいるね。頭を両脚の間に入れるんだ」

リビーは助言に従った。耳鳴りがようやく治まってから、バンスの手の感触をいとおしんだ。

「よくなったかい？」バンスの顔が間近にある。リビーはうなずいたが、すぐに彼には自分が見えないことを思い出した。一瞬その事実を忘れていたのだ。

「ええ、ずっとよくなったわ。ありがとう」

「動いてはいけない」彼が手探りでテーブルに行き、自分のために食べ物を探してくれているのを見てリビーは胸がいっぱいになった。何度か失敗したのち、バンスはようやくジュースを持って戻った。

彼の手から受け取ったジュースは生温かかったが、リビーは気にならなかった。「おいしかったわ」

「どうして飛行機の中で食べなかったんだ？」バンスはそばにしゃがんでリビーの手首を取り、脈を計っている。

「おそらくあなたが昼食をとらなかったのと同じ理由じゃないかしら」夫の顔を胸に抱き寄せたいという衝動をリビーは抑えつけた。「もう大丈夫よ、バンス」

バンスは少しためらった末、壁にかかった電話に手を伸ばした。病院の交換台にタクシーを頼んだあと、別のところに電話をし、スワヒリ語と思われる言葉で話し始めた。まるで現地人のように滑らかにしゃべっている。彼が電話を切ったとき、戸口に看護人が現れた。

「車椅子の準備ができましたよ、ミスター・アンソン」

バンスが手を固く握りしめるのがわかった。「僕は自分の二本の脚でここを出てゆきます」

「お気持はわかりますが、病院ではそうすることになっておりますので」

「バンス……」リビーが割り込んだ。「私、空港から直接ここに来たから、下の受付に荷物を全部置いてきたの。だから先に行って荷物を見てきます。玄関で会いましょう」

「どれくらい持ってきたんだ?」

リビーは目をつぶった。「私の持っているものすべて。馬のキング以外は。でもキングも一週間以内にモンバサに送ってもらうよう、継父《ちち》が手配してくれているわ」

バンスが何か言いかけたが、リビーは彼の言葉が耳に届く前に部屋を出た。歩いている間中、出発前に継父が言った言葉を思い出していた。〝バンスは失った視力よりもはるかに貴重なものに恵まれている。それはおまえの愛だよ〟リビーの実の父が亡くなったあと、母は子供を持ったことのない男性と再婚した。継父はリビーを溺愛《できあい》した。愛情に満ちた幸せな家庭だった。しかし、今のバンスを救うには愛以上のものがいるのだ。

2

バンスが車椅子に乗せられて玄関を出てくるのが見えた。リビーはタクシーの後部の座席に座って待っていた。午後の太陽に栗色《くりいろ》の髪が輝いている。サングラスをかけた顔には特に変わったところは見受けられないが、バンスは明らかに緊張している。病院を出て、これから一人で闘っていかなければならないのだ。リビーは、自分がまだ彼の世界には入れてもらえないことを痛感した。

以前の二人の関係を思い出し、彼女はやり場のない怒りを感じた。彼の視力が奪われたとき、二人のあの親密な関係も奪われたのだ。今バンスは自分だけの世界に閉じこもってしまっている。そして私には、その世界の入口にどうすれば近づけるかということさえわからないのだ。

「これがあなたの杖《つえ》です、ミスター・アンソン。病棟からの贈り物ですよ」看護人が杖を膝の上に置くと、バンスはすぐに振り払った。

「こんなものに用はない。これじゃまるで、目が見えないことをみんなに触れ回っているようなものじゃないか」

リビーは彼の無礼な態度に驚いた。しかし、看護人は何事もなかったように車椅子を支えている。バンスはタクシーの開いたドアに片手をかけ、後ろの座席に乗り込んだ。そのとき、もう一方の手が腰に触れ、リビーは薄いシャツの上からバンスの体温を感じた。その手が腿の辺りまで伸び、鼓動が速くなるのを感じた。彼は私に触れずにはいられないようだ。リビーはバンスの手の感触に息をのんだ。するとバンスはいきなり手を引っ込め、シートに深く腰かけた。リビーに触れないよう注意しているらしかった。

運転手がエンジンをスタートさせ、車の流れに加わった。警笛を鳴らす車や騒々しい人たちの群れをうまくかわしながら、運転手は古い車を走らせている。リビーは開いた窓から聞こえる人々の活気のあるやり取りを聞いていた。「バンス」思いきって声をかけ、日に焼けた二の腕に手を伸ばした。するとバンスはまるで熱いものにでも触ったように身をすくませたので、リビーはすぐ手を引っ込めた。「みんな何だか怒っているみたいだわ」

バンスは体を硬くしてまっすぐ前を向いている。「スワヒリ語はにぎやかな言葉だ。この人間は大声で叫ぶように話すのが普通なんだ。君もすぐに慣れる」彼はつぶやくようにそう言ったが、心ははるか遠くにあるようだった。そのあとはフラットに着くまで無言だった。

運転手は狂ったように運転しているが、周りの車も同じように走っている。これにも慣れなければならないんだわ。バンスはロンドンに帰れと言ったけれど、リビーは彼を残して帰るつもりはなかった。

しばらくするとタクシーは町の中心部にある五階建ての近代的な建物の前にとまった。以前バンスから、彼の会社はフラットから楽に歩いていける距離にあると聞いたことがある。ここでならバンスと二人きりになれる。ほかの誰にも邪魔されず話し合えば、私の気持をわかってもらえるかもしれない。

「運転手がバッグをロビーまで運んでくれる。そのあとは管理人にフラットまで案内させるから」バンスの説明にリビーはまた絶望のどん底に突き落とされた。

「あなたはどこに行くの?」できるだけがっかりした気持が表れないよう気をつけながら、リビーは尋ねた。どうしてバンスは私の愛を拒むのだろう。あの事故が起こる前は、片ときも私を放したくないようだったのに、今は一刻も早く追い払いたい様子だ。

「会社ですることがあるんだ。今夜は何時に戻れるか見当もつかないから、僕を待ったりしないでくれ。管理人に、当座必要な食料品を買って台所に入れておくよう頼んでおいたから、好きなときに食べればいい。落ち着かないからといって外に出てはいけないよ。退屈ならテレビもある。しかし決して一人でナイロビの町を歩くんじゃない。わかったね?」

いつも彼はリビーのことを気遣ってくれていたが、今は異常とも言えるくらい心配している。もちろんリビーも、彼の不安の種を増やすつもりはなかった。「私、横になるわ。時差ぼけがまだ治ってないの。それから両親に、着いたら電話するって約束しているんだけど、あなたのお父様にも、あなたが大丈夫だってこと伝えていいかしら？　きっと心配してらっしゃるから」

バンスは腹立たしそうにため息をついた。「君は明日の晩は帰宅するんだから、そんなことをする必要はないと思うがね。だが、電話をして明日飛行場まで迎えに来てくれと頼むのはいい考えかもしれない」

怒りがまた燃え上がり、リビーは勢いよく向きを変えるとバッグを一つ持って建物の中に入った。ポーチに現れた男が管理人らしく、あとについてくるよう合図した。

怒りながらもバンスのことが心配で肩ごしに振り返ってみると、彼はひどく厳しい表情をしていた。彼女は一瞬ひるんだ。これがビジネスの世界で生きるときの顔なのだ。権力を持った、強く、すきのない男の顔。そういうリーダーシップをとれる資質がなければ、未開のこの地でたった一人、大きな企業を築き上げることはできなかっただろう。しかしリビーは彼の優しい、こまやかな面も知っている。再びあの優しさを見られる日が来るだろうかと思うと、胸が痛む。

ぎらぎらとまぶしい太陽から目をかばいながら、リビーは彼に声をかけた。「お父様によろしく伝えておくわ。じゃあ、あとで」しかし彼からは何の応答もなく、運転手が戻ると、車は午後の通りへ消えていった。

その光景を見守っていたリビーの体に、突き刺すような痛みが走った。管理人の前で取り乱してはいけないと思い、急いであとを追って三階に上がった。「この建物にはセキュリティー装置がついていますから、特別な鍵《かぎ》を持ってなければ中に入れません。ここなら安心ですよ」管理人が説明した。

リビーは早口で感謝の言葉をつぶやいてドアを閉め、そのドアにもたれかかって泣いた。握り拳《こぶし》を口に当て、怒りと悲しみに身を任せ思いきり泣いた。

病室で、バンスに身を投げ出し、キスしたときのことを思い出す。虚をつかれた彼は、以前のままの情熱で反応した。が、自分が目が見えなくなったことに気づくと、すぐ身を引き、自分の周りに防壁を巡らしてしまった。しかし、幾重にも彼を覆っている苦しみの下には、かつて私が愛したバンスが確かにいた。どうしたら以前の彼を見つけることができるだろうか。幸せになるためには、どんな努力を払っても、以前の彼を見いださなければ。運命を恨んでいるだけでは何も得られないのだ。

リビーは涙をふきながらドアから離れた。そのとき初めて部屋の中の様子が目に入った。寝室が二つあり、地中海風のインテリアでまとめられている。バンスの趣味を反映していないことは明らかだ。ナイロビで仕事をするときに便利だという点だけでここを選んだのだろう。

サンダルをけるようにして脱ぎ、キッチンに入って缶のスープを温めた。何か食べておかないとまた気持が悪くなるかもしれない。しかし食事の途中で食欲がまったくなくなり、バスルームに入ってシャワーを浴びた。しばらくたってから家族に電話をし、寝る準備をした。

フランス製のレースのネグリジェも、バンスには何の意味も持たないとわかっていたが、リビーは花嫁らしく装わずにはいられなかった。私がハネムーンに抱いていた夢を、バンスは粉々に打ち砕いてしまった。ベッドにもぐり込むと、本当なら今ごろは彼の腕の中にいるはずだったのにという思いがわき上がってきた。彼の今日の態度を思い出し、身をさいなまれる気がしたが、睡魔には勝てなかった。

数時間後、目を覚ましたとき、フラットの中は真っ暗な闇《やみ》に包まれていた。物音が聞こえ、リビーははっとしてベッドの上に身を起こした。バンスが帰ってきたのだろうか。

耳を澄ましていると、何かにぶつかってバンスが小声で毒づくのが聞こえた。フラットの中を手探りで歩くのは初めてなのだ。リビーはベッドから滑り下り、急いでホールに行って明かりをつけた。

バンスはちょうど予備の寝室のベッドに横たわったところだった。寝心地のいい体勢をとろうと、頭を枕《まくら》の上で落ち着きなく動かしている。ブロンズ色に日焼けした肩も見えた。

リビーは彼に対する愛で胸が詰まった。決意を新たにし、ベッドに近づいて彼の脚の上に手を置いた。「バンス？」

バンスははじかれたように起き上がった。「いったいどういうつもりなんだ？」

リビーは思わずあとずさりした。先ほど受けた心の傷がまた痛んだ。「あなたのベッドはここじゃないと教えに来たのよ。あなたは私に約束してくれたわ。今度一緒になったときには、二人だけになれるところに行って、もう決して私を放さないって。私、ずっとその言葉にすがってきたの、バンス。あなたのことをずっと……」

稲妻のような素早さで彼はベッドから飛び下り、病院で着ていた茶色のガウンを羽織った。「君が起きているからちょうどいい。今話をしておいた方がいいだろう。あっちの部屋に来てくれ」

相変わらず人を寄せつけようとしない態度に、リビーは胸をえぐられるような痛みを感じた。居間に向かう途中、リビーはつい彼に手を貸しそうになる自分を抑えなければならなかった。目的の場所に着くまでの間、バンスは何度か家具にぶつかった。顔はやつれ、苦悶《くもん》しているようにすら見える。

バンスを気遣うあまり、リビーは自分の苦しみを忘れた。「おなかがすいてるんじゃない、バンス？」

彼の胸が大きく上下した。「食べ物のことなど、とても考えられない」

「今日はあなたにとっていやな一日だったとは思うけど、やはり何か食べておく必要があるわ」リビーは優しく言った。「私、夕食を作ります」そう言うと答えを待たずにキッチンへ向かい、すぐにサンドイッチを作って湯を沸かした。

「僕は空腹じゃない。そう言っただろう」リビーが気づかないうちに彼はキッチンの入口に来ていた。

「そうかもしれないけど、私はおなかがすいてるの」リビーはハムとトマトのサンドイッチの皿をテーブルに置き、インスタントコーヒーをいれた。彼女が椅子に座ってサンドイッチを食べ始めたとき、彼はまだキッチンの戸口に立ったままだった。まるで地球を両肩で支えているように見える。そういえば医師は、バンスが自分を責めているのではないかと心配していた。「私が食べている間、せめて腰かけてくださらない？　あなた、疲れきっているようよ」

バンスは首の後ろをさすった。いらいらしたときや、何かに心を奪われているときに見せる癖だった。「僕がいない間、誰からも連絡がなかったか？」

「私が知っている限りではなかったわ。部屋に入ってまもなく、眠り込んでしまったの。何か大事な電話がかかることになっていたの？」

彼は否定するような曖昧《あいまい》な身振りをしただけだった。「めまいはもう起こらなかったかい？」

その優しい言葉にリビーはいっそう彼をいとおしく思った。「いいえ、一度も。あれは単に血糖値が下がったのと睡眠不足のせいだと思うの。心配なのはむしろあなたよ」彼女はこれ以上不安を抑えてはいられなかった。「あなたは退院したばかりなのよ。スティルマン先生だってきっと私の意見に……」

「それ以上言うな！」彼は乱暴にリビーの言葉をさえぎった。「まるで妻のような口をきくじゃないか。僕は、イギリスで会ったときの僕とは別の人間だって何度言ったらわかるんだ。君は僕の症状が一時的なものだと思ってるようだが、そうじゃないんだ」

リビーは頭を上げた。「数年前、私がそれと同じことをあなたに言ったのを覚えているわ。私がキングから落ちたあと、あなたは無理にまたキングに乗らせたじゃない。私は落馬して肋骨《ろっこつ》を二本折って、死にそうな気分だったわ。でも、けがが治ったあと、厩《うまや》に連れていって鞍《くら》に上らせたのは、あなただった。ほかの誰もが甘やかしてくれたけど、あなただけは私の不安を無視したわ。勇気をふるって恐怖を克服するまで容赦しなかったのよ。あのときは本当に怖くて、もう二度と馬のそばに近寄ることもできないと思っていたのに、あなたは決して許さなかった」

バンスはゆっくりと手探りでキッチンに入り、手近の椅子に腰を下ろした。「僕は目が見えないんだ、リビー。目が見えないんだ！」彼は押し殺した声で言った。「それがどういうことか、君にはわからないだろう。骨が数本折れたのとはまるで違うんだ。もう二度

と図面を見ることもできないし、土地を測量することもできない……。車を運転すること
さえできないし、忌ま忌ましい杖がなければ一足歩いても壁にぶつかるんだぞ。君の夫は
君の髪の毛一本守ることもできないんだよ」

そう言いながら荒々しく手を振り回したとき、彼の手が近くにあったコーヒーマグに触
れ、マグは床に転がり落ちた。リビーは驚いて立ち上がり、布巾を取りに流しへ急いだ。

「何てことだ……火傷をさせたんじゃないか?」バンスは流しの方に手探りで進んでくる
と、リビーの額に触れた。

「いいえ。大丈夫よ」自分自身を責めているバンスを、リビーは急いで安心させようとし
た。「コーヒーはそれほど熱くなかったの」彼の手が近くにリビーの腕を探っている。彼女は奇
妙な感覚に襲われた。自分の香水と、すぐ近くにいるバンスの男性的なにおいがまじり合
い、頭がくらくらする。彼の息が唇にかかると、体の中を甘い戦慄が駆け抜けた。「ほん
の数滴、ネグリジェにかかっただけ」リビーは思わずバンスに寄り添った。

一瞬、彼の顔が近づき、リビーはキスを求めて顔を上げた。しかし、鋭く息をのむ音が
聞こえたかと思うと、バンスはリビーを押しのけた。

彼がくるりと向きを変え、手探りで椅子を探すのを見て、リビーは喉の奥深くで低くう
めいた。思いがけない親密な瞬間が過ぎ去り、むなしさだけが残った。リビーが床にこぼ
れたコーヒーをふいている間、彼はぎこちなく椅子のそばに立っていた。幸いマグは割れ

なかった。

「僕は役に立たないだけじゃない、危険なんだ」その声に含まれた自嘲《じちょう》するような響きに、リビーはショックを受けた。

「そんな言い方をしないで、バンス」リビーは衝動的に彼の背中に身を寄せて、腕に手を滑らせた。しかし先ほどの優しさのかけらも見せずバンスが乱暴に身を引いたので、手は行き場を失い、体のわきに落ちた。「あなたといると、安心できるの。目が見えなくなったって、それは変わらないわ。そのことをわかってほしいの」

バンスはリビーの方に向き直った。整った顔立ちは怒りでゆがんでいる。「僕には君が今どこにいるのかさえわからないんだ」

「事故が起こってからほとんど日がたってないのよ。もっと時間をかけましょうよ。あせってはだめ」

「時間?」荒々しい笑い声が彼の口から漏れた。「リビー、君にはわかってないようだな。僕の目は二度と見えるようにはならないんだ。いつになったらその事実に向き合えるんだい?」

「あなたは自己憐憫《れんびん》にひたってるだけよ」本能は、優しく彼をいたわってあげなければと告げている。でも、いくらつらくても言わなければならないこともある。彼は怒って頭を上げたが、リビーは自分を励まして続けた。「確かにあなたは視力を失ったわ。そして私にはそれがどんな感じがするものか、想像もできない。でも、どうやらあなたは視力と一緒に、勇気や魅力までなくしてしまったようね」

彼の頬に血がのぼった。「人の急所を的確に突くことをいったい誰から教わったんだい？　君にそんなまねができるとは、思いもよらなかった」

自分の大胆さに震えながら、リビーは腕を胸の上で組んだ。「私についてあなたの知らないことはいっぱいあるわ。残念なことに、今度の事故が、今まで私の知らなかったあなたの一面を教えてくれたのよ。会社の人たちを、私と同じように扱わない方がいいわ。スティルマン先生によると、あなたは大変な成功をおさめた才能ある男性だそうね。みんながその評判をいつまでも信じ続けてくれたらいいけど。心配はいらないわ。私、あなたがこんな意気地なしだなんて、決して誰にも言ったりしないから」

「当然だろう、君はここからすぐ立ち去るんだから」彼はそう言うと拳でテーブルを思いきりたたいた。サンドイッチの皿が飛び上がった。

リビーは彼の怒りのすさまじさに縮み上がった。「今あなたに何を言っても無駄だということがわかったわ。二人で力を合わせれば何とかできると思っていたんだけど、どうやら私の思い違いだったようね」彼のそばをすり抜けて寝室に走り込み、ドアをばたんと閉めた。

バンスは大きな声で彼女の名を呼びながら、すぐ後ろを追いかけてきた。ドアが勢いよく開いた。「二度とあんなふうに僕の前から逃げ出したりするんじゃない」その声には威嚇する響きがあった。「まだ話は終わってないんだ」

「私はもう終わったと思ったのよ。わからないわ、どうしてあなたは私と結婚なんかしたの？　私たち、神様の前で誓ったわね。あなたにとって、あの誓いは何の意味もないの？」

「祭壇の前で誓ったわけじゃないよ、リビー」

ショックを受け、リビーは無言のまま一歩前に踏み出した。「つまり、教会で式をあげていないから、あの結婚式は何の拘束力もないというわけ？　まあ、よくもそんなことが言えるわね」

目の前が真っ暗になった。彼女は結婚指輪と婚約指輪を指から抜き取り、バンスのガウンのポケットに落とした。彼の顔がさっと青ざめた。

「ここに一人でいればいいわ。暗闇の世界でせいぜい惨めさを堪能《たんのう》することね。誰も近づけてはだめよ。ことにあなたの奥さんをね」リビーはバンスの目前でドアを閉めたが、そのときにはもう自分の衝動的な言動を後悔していた。

あの指輪は私の体の一部だった。彼が婚約指輪を持って突然スイスにやってきた夜は、生涯で一番うれしい日だった。そのときまで、彼の愛の深さを知らなかったのだ。なのに今、私はその指輪を突き返した。二人が病院を出てからまだ半日もたっていないというのに。

　朝までリビーはバンスとのやり取りを思い返していた。お互いに癒《いや》すことができないほど傷つけ合ってしまった。言葉が奔流のように私の口からあふれ出したのだ。でも、もう取り消せない。私は自分のことだけに気を取られて、バンスの苦しみを思いやることを忘れていた。

　目が見えない状態がどういうものなのかを、彼は苦悶しながら説明しようとしたのだ。その苦しみを理解するにつれて、リビーは罪の意識にさいなまれた。いったいどうしてあんなことが言えたのだろう。もしこれが逆の立場だったら、私だってバンスとの絆《きずな》を断ち切ろうとするのではないだろうか、自分で選んだわけではないくびきから彼を解き放つために。そしてもし彼が私の拒絶をすんなり受け入れたら、どんなに絶望するだろう。

　その夜は一睡もできず、リビーは朝の訪れに感謝した。もう一度、何としてもバンスと話し合わなければ。もしかしたら最初からやり直せるかもしれない……。

　頭痛に悩まされることはめったにないのだが、ベッドから起き上がってみると後頭部が痛み、少し気分が悪かった。目もひどく痛む。バンスも一晩中目を覚ましていたのだろうか――相変わらず私をイギリスに送り返すつもりで？　フラットの中では何の物音も聞こえなかった。

　ベッドを直したあと、リビーは明るい水色の綿のパンツとトップを着、同系色のシフォンのスカーフで髪を結んだ。それから簡単なメーキャップをして、バンスを捜しに行く準備を整えた。昨日のいろいろな出来事や口論にもかかわらず、二人の結婚を何があっても解消しないと心に決めていた。

玄関ホールに足を踏み入れたとたん、居間から声が聞こえた。声が低くて内容まで聞き取れなかったが、訪問客が男性であることはわかった。

リビーの中にまた怒りがわき上がった。私との口論を避けるために、バンスはわざとお客を呼んだのだ。もう一度話し合いたいという私の望みを切り捨てて、間違いなく飛行機に乗せようとあらゆる手段を講じたに違いない。どうすればいいだろう。体の調子が悪くて、部屋を出ることもできないふりをしたら？　でも、バンスは信じないだろう。やはり彼の言うことを聞いて、空港に行くしかない。だけど、空港に行っても飛行機には乗らないわ。彼のいない人生を送るくらいだったら、目が見えなくなった方がましだ。私のそんな気持が、バンスにはわからないのだ。

「ミセス・アンソン」リビーが居間に入ると、ラグビー選手のような体格をした白っぽい金髪の男が立ち上がった。見たところ四十代後半といった感じのその男は、鋭い目で値踏みするように彼女を見た。が、バンスは妻のことを誰にも話していないのだから無理もないだろうとリビーは思った。「マーティン・ディーンです。ボスが会社に戻るまで、代理を務めています。お会いできて光栄です」彼は手を差し出した。

「はじめまして」リビーは握手しながらマーティンから夫の方に視線を移した。ジーンズとダークグリーンのセーターを着て、気楽にくつろいでいる様子だった。昨夜の荒れ狂った彼とはまるで別人だ。

「ハネムーンの途中に押しかけてきたりして、本当に申し訳ありません。バンスもまったく隅に置けないな。おめでとうございます。バンスに奥さんがいたなんて、つい今しがたまで夢にも思いませんでしたよ」彼はそう言ってバンスの方を見た。不在の間、代理を任せられるくらいバンスの信頼を得ているのに、結婚のことは知らされていなかったのだ。

「君の趣味は完璧《かんぺき》だよ」マーティンはバンスに話しかけながら、リビーに向かってにやりと笑った。「あんなにしょっちゅうスイスに通っていたのも、不思議はないな」

「まあ、とにかく彼女は来てくれたんだ。ありがたいことにね」バンスの言葉にリビーは仰天した。次に彼は差し招くように手を伸ばして、優しく彼女に呼びかけた。狐《きつね》につままれたような気持ですぐにそばへ寄っていったリビーに、バンスは腕を回した。「僕たちの話し声で起こしてしまったのかな?」以前よくしたように、頬に軽く唇を当てながらささやく。

リビーは呼吸もできないような気分だった。「いいえ。あまり静かすぎて、あなたはもう出かけたのかと思ったくらいよ」

バンスは腕をリビーのほっそりした肩にかけ、さらに身近に引き寄せた。「とんでもない、ミセス・アンソン」そう言うと顔を下げて唇に情熱的なキスをした。予期せぬことに彼女はめまいがして体がふらついたが、すぐにバンスのもう一方の腕が支えた。

マーティンはくすくす笑った。「僕は外に出て、ランドローバーで待っている方がよさそうだ。いや、それよりこのまま会社に行って、午後になってからあなたたち二人を迎えに来る方がいいかな。邪魔をして申し訳なかった」

バンスはゆっくりと顔を上げた。「何も謝る必要はないよ、マーティン。君は何も知らなかったんだから。幸い僕のきれいな奥さんと僕は、農園に行けば好きなだけ二人きりになれるんだ」リビーは驚きの声をあげかけたが、すぐにまた唇をふさがれた。理由はわからないけれど、とにかくバンスはマーティンに、自分が愛情深い夫だということを印象づけたいらしい。そしてそのために彼は私に協力を求めているのだ。

激しいキスに、リビーは欲望の渦に巻き込まれ、すべてを忘れた。心の痛みも、彼に残酷なほど拒絶されたことも。

見るからにしぶしぶといった様子で彼はリビーを放した。「マーティンをこれ以上困らせないうちに、君は向こうに行って何か食べてきた方がいい。彼は車で僕たちを農園まで連れてゆくと言ってくれてるんだ。荷造りしてあるんなら、スーツケースを持っておいで。彼が車まで運んでくれる」

「急いでそうしますわ」マーティンの好奇の目から視線をそらしながらリビーはキッチン

に向かった。体からは力が抜けていたが、頭には疑問が渦巻いていた。しかし動機が何であろうと、バンスは私を送り返そうとはしていないようだ。

トーストとミルクの朝食をとりながらも、彼女はバンスの突然の変化に頭を悩ませていた。彼もまた、昨夜口論したことを後悔しているのだろうか。あのキスは決してお座なりなものではなかった。バンスも私と同様、ある時点でマーティンの存在を忘れるほど夢中になっていた。やはり私とやり直そうとしているのだろうか。農園は二人にとって、家庭と新しい出発を象徴しているのだ。

マーティンが手を貸してバンスをランドローバーに乗せた。バンスは先に後部座席に乗ると、リビーの手首を握って自分のそばに座らせ、首筋にキスをした。

「彼女の荷物は君の横に置いてくれたまえ、マーティン」バンスは窓から外に向かって呼びかけた。「僕は妻と一緒に座りたいから」

「よくわかったよ」マーティンの笑い声が開いている窓から流れ込んだ。リビーは、ときおりマーティンが後部座席を見つめているのに気づいた。バンスが結婚していたことにさぞ驚いたのだろう。もしかしたらバンスから何も打ち明けられなかったために、なおざりにされた気がしているのかもしれない。

マーティンが車の外で忙しく立ち働いている間、バンスは二人だけになった時間を利用してリビーの手を取った。彼の手には力がこもっていたが、言い方はよそよそしかった。

「昨夜《ゆうべ》はあんな形で話し合うつもりじゃなかったんだ。僕たちの間には、理性的に話し合わなければならないことがたくさんある。農園に行けばもう少し落ち着いて話ができると思う。僕たちが二人きりになるまで、何も質問しないでくれるとありがたいんだが。プライバシーはできるだけ守りたいんだ」マーティンが運転席に乗り込んできたので、最後の方はささやき声に変わった。

バンスの言葉はリビーの希望を再び打ち砕いた。彼の愛情表現は、ただマーティンに見せるためだけのものだったのだ。バンスが彼女の手を持ち上げて手のひらにキスをしたとき、体に痛みが走った。こんな状況でキスをするとは、何て冷たくて残酷な人なのだろう。私だけがこんな思いを味わうのはいやだ。リビーはバンスにすり寄って唇に軽く唇を触れた。「農場までどのくらい？」

バンスの胸は服の上からわかるほど波打った。「ナイロビから一時間だ」

「すてきだわ」リビーは唇の端に唇を触れながらしゃべった。バンスの体が緊張するのを感じて彼女は満足した。

「マーティン、せっかく乗せてくれるなら、バンツー族の薬市場のそばを通っていってくれないか。リビーにぜひ見せたいんだ」

いつかバンスがその市場について手紙に書いてきたことがあったわ――リビーは思い出した。そこでは猿の頭蓋骨《ずがいこつ》から山あらしのフライまで、あらゆるものが売られているという。

彼女は手を預けたままバンスに寄り添った。見物のために寄り道をすれば、とりあえずその分だけ彼の身近に座っていられる。今私が演じている、希望に満ちた若い花嫁の気分でいられる時間が長くなるのだ。

3

マウ高原はおよそ二千五百メートルの高さがあり、農園は二千メートル近くに位置していた。頭上を白いちぎれ雲が流れてゆくのが見える。さわやかな美しい六月の朝だった。

車が目的地に近づくにつれ、民家がなくなり、常緑樹の林と草原が交互に現れた。ときおりインパラの群れの世話をしている原住民の姿が見えた。彼らはみんな車に向かって手を振った。

リビーはバンスの肩から頭を上げて、顔をじっと見た。彼は先ほどから座席にもたれて眠っている。目の下に隈《くま》ができているところを見ると、バンスもやはり眠れぬ一夜を過ごしたようだ。眠っている彼は口元も優しく、額に髪が落ちかかって子供のように無防備に見えた。

車が急な角を曲がり、舗装されていない道に入ったとき、バンスは目を覚ました。リビーは窓から外を見ながら、彼の手を握っている手に力をこめた。開墾された土地に何列にも植えられた果樹は花盛りで、リビーの目を楽しませた。遠くの方には樫《かし》の木が立ち並んでいる。その向こうに、雪のように白いオランダ風の農家が日光を浴びて輝いていた。先ほど見えた樫の木が、家の周りにレースのような影を落としている。

「信じられないくらいきれいだわ」車から降り、自分の王国となる土地を見渡して、リビーは息をのんだ。「まあ、バンス……こんなにすばらしいとは思わなかった」空は限りなく青く、春の日差しが心地よい日だった。これだけ日当たりがいいなら、ハーブガーデンを作るには最適。

リビーの目は鉛格子の入った西向きのガラス窓に引きつけられた。軽やかなレースのカーテンがのぞいている。バンスは、二人が立てた計画よりもはるかにすばらしい仕事をしてくれたのだ。彼に対する愛と思慕が新たにリビーの胸にわき上がった。

「中を見るのが待ちきれないわ、バンス」彼女はそう呼びかけて、荷物をいくつか車から降ろし始めた。バンスの腕を取りたいと思ったが、彼はマーティンにも頼らず、できるだけ自力で行動しようとしている。その努力を台無しにしたくなかった。ことにほかの人の目の前では。私の判断が間違っていなければ、今日の彼の振る舞いには、昨日見られなかった決意のようなものがある。おそらくマーティンの前だからこそ自信に満ちた態度をとっているのだろうが、結果は満足できるものだった。

「リビー？」マーティンが荷物を持って家の中に入っていったとき、バンスがポーチに立ち止まって呼びかけた。「マーティンがナイロビに帰る前に、彼と話がしたいんだが。そんなに長くかからないと約束するよ」

リビーは彼に近づいて顎にキスをした。「私のことは心配しないで。家の中を探索したくてたまらないのよ」

バンスは自制心を失ったような顔をした。そのときマーティンが戸口に現れたが、幸いなことに、バンスは背を向けていた。

リビーはマーティンに笑顔を向けた。「私たちを連れてきてくださって、ありがとうございました、ミスター・ディーン。私、この家に来られてうれしくてたまらないわ。じゃあ、二人でお仕事の話をなさってちょうだい」彼女は爪先立ちになって、バンスの唇に軽くキスをした。マーティンが見つめているのを意識しながら。

「どうかマーティンと呼んでください。ここでは形式ばったやり方はしないんですよ。そのうち我が家のディナーパーティーにご招待しようと思うんですが。バンス、君が奥さんを外に出すことを承知してくれたらね」

「マージは料理の名人なんだ」というのがバンスの答えだった。リビーはバンスの手を握ってから、家の中に入った。

中にはのびやかな空間が広がり、白い壁に、原色を使った鮮やかなアフリカの織物と黒っぽい材木がうまく調和している。彼女とバンスが温めたイメージがみごとに表現されていた。

中央に玄関ホールがあり、左手には居間と図書室、右手には食堂がある。その奥にキッチンが並び、寝室は家の裏手になっていた。

すぐ使える状態にあるのは、寝室とキッチン、バスルームと図書室だけだった。残りの部分はまだペンキを塗ったり、床を仕上げたり、カーテンをつけたりという仕事が残っている。彼女とバンスが二人でできる仕事だ。敷物や家具、家族に代々伝わる品々を配置して仕上がった家の内部を想像し、リビーはわくわくする思いを味わった。この瞬間をどれほど待っていたことか……。彼女の目は涙でかすんだ。

スーツケースを主寝室に運び込んだとき、彼女は興奮に包まれた。窓からスイスレースのカーテンがのぞいていた部屋だ。以前私がこのレースについてちらっと話したことをバンスは覚えていて、二人の部屋のためにあつらえてくれたのだろう。つまり彼は、正式に婚約するずっと前から私と結婚するつもりだったのだ。そう考えてリビーは深く感動した。ダブルベッドに座り込んで、周りを見回す。部屋はアップルグリーンを基調にして、アフリカの民族色がアクセントに使われている。バンスがすべて選んだに違いない。

ドレッサーの上に立てられた写真がふと目にとまった。バンスがリビーに会いにローザンヌを訪れたときにとった写真を引き伸ばしてもらったものだ。シヨン城のゴシック風のアーチの下に立っているリビーは、今よりも髪を長くしていた。バンスがこの写真を大事に持っていてくれたなんて。この旅行中、彼はプロポーズしてくれたのだ。

キッチンに向かう途中、ほかの二つの寝室をのぞいてみた。北側にある部屋は子供部屋に最適だ。バンスの赤ちゃんを早く産みたい。頭の中は、子供部屋の内装のことでいっぱいになった。

もう一方の寝室を見て、リビーは驚いた。壁を修理する必要がある。いつごろのものかはわからないが、明らかに火事の跡があった。この農場を買ったのは、バンスがケニアに来てすぐだったが、改築を始めたのはリビーと婚約してからだから、それまでの数年間はこの家は空き家だったはずだ。

キッチンに入ってすぐ、リビーはその空間が好きになった。本物のデルフト・タイルをはった陶製の大きな炉が壁の一方を占めている。炉は家が最初に建てられたときからあるものらしく、アムステルダムの古い家に見られるような、風変わりな趣を与えている。バンスは、元の持ち主から受け継いだアンティークの樫のテーブルと、精巧な彫刻が施された椅子四脚もそのままにしてあった。彼はできるだけ昔の農家の雰囲気を残すつもりだったのだろう。リビーはその発想にうっとりとなった。

テーブルに座ると、仕切り窓から見渡す限り続く花盛りの果樹園が目に入った。彼女は長い間その眺めから目が離せなかった。バンスはここにパラダイスを見つけたのだ。この感激をバンスに伝えなければと決心してから、まず何をしようかと辺りを見回した。マーティンが、食料品の入った箱を運んでいたことを思い出し、品物を片付けることにした。

ついでにキッチンの配置を覚えることができるだろう。

二槽式の流しには新しい蛇口が取りつけられ、古い樫の木の床は磨き込まれて琥珀《こはく》色に仕上げられている。バンスが完全主義者であることをリビーは思い出した。元の家の温かさや魅力を残しながら、機能性や便利さをも備えた部屋を作り上げたのだ。これほど美的感覚に恵まれた彼が視力を奪われるとは、何という皮肉だろう……。

食料品の箱がすべて空になったのは正午ごろで、リビーは空腹を覚えた。バンスの食欲も戻っていればいいのだけれど。彼女は昼食を用意し、二人の男たちを捜して図書室に向かった。マーティンもナイロビに戻る前に食事をとった方がいいだろう。ところが、リビーが玄関ホールに着いたとき、外でランドローバーの発進する音が聞こえた。バンスがちょうどドアを閉めているところだった。

「バンス、私、あなたたち二人に食事の用意ができたことを知らせに来たのよ」

彼はリビーの声を聞いて体をこわばらせた。「マーティンは急いで戻らなければならなかったんだ。僕たちはもう二人きりだ、リビー」

彼の声にはリビーをぞっとさせる響きがあった。今朝のあの愛情深い夫は消えてしまったのだ。

「昼食にはそれほど大したものはできなかったの。スープとサンドイッチよ。でも夕食にはきっと埋め合わせをしますから」バンスが答えないので彼女はキッチンに戻った。彼も壁を手探りしながらキッチンにやってきて、椅子を探した。驚いたことにバンスはそこに座って、注意深く周りのものに触れ始めた。リビーは食べ物の皿を彼の前に置いた。

「昨夜《ゆうべ》の残りのハムを使ったんだけど、おいしくないかもしれないわ」

「僕は食べ物の味などどうでもいいんだ。でも君が料理がうまいことはよく知っているから、うろうろするのはやめてくれ」リビーは言い返そうとしたが口をつぐんだ。バンスがサンドイッチを食べ始めたのだ。しかもおいしそうに。彼は皿の上のものはすべて食べてしまい、コップのミルクもほとんどこぼさず飲み干した。

「マーティンとお仕事の話をしてらしたの？」リビーは会話の糸口を探した。バンスは一言も口をきいていない。このままではますます陰鬱《いんうつ》な雰囲気になってしまう。二人の新居での最初の食事だというのに、せっかくの雰囲気を台無しにはしたくない。リビーはもうしばらくの間、幸せな新婚夫婦のふりをしていたかったのだ。

「残念ながら、できなかった。マーティンは、仕事よりも君の存在により興味を持ったらしくてね」

リビーは深く息を吸った。「私たちが結婚したことを話しておけばよかったのよ。彼、突然知らされたからよけいとまどっているんじゃないかしら」

バンスはスプーンを置いた。「君も覚えているだろうが、結婚を決めたのは急だったから、とてもほかの人たちに知らせる暇はなかった。それに僕はこの農場で、きちんとした披露宴を開いて、君をスタッフに紹介するつもりだったんだ。でも今はその話はしたくない」

リビーは夫を見たが、彼の気分を推し量ることはできなかった。「この家も、果樹園も、何もかも本当にきれいで、信じられないくらいよ、バンス」

彼の表情はみるみるうちに硬くなった。「やめてくれ、リビー。単刀直入に言うが、僕が話し終わるまで口をはさまないと約束してほしい」

リビーはまばたきをした。「わかったわ」

「本当に守れるかな？　君の気に入る話じゃないからね」彼の言葉にリビーは恐怖を覚えた。「君が昨日、僕の病室に現れたとき――前もって連絡もなく、しかも呼ばれてもいないのに――僕は君を絞め殺したいと思ったくらいだ」

憎しみのこめられたその言い方にリビーはひるみ、空になった自分の皿に目を落とした。あの優しい夫バンスはどこへ行ってしまったのだろう。

「僕の手紙を受け取っていなかったという言葉は信じる。僕は君をよく知っているから、あの手紙を受け取ったら君はすぐに電話をしてきただろう。もう半日ロンドンで待っていれば、あの手紙を受け取ることができたんだが。ところが君は慌てて僕のところにやってきた」彼は憎々しげに、嘲《あざけ》るような口調で続けた。「そしてみんなに自分の存在を知らせてしまった。スティルマン先生の前で妻の役を派手に演じてくれた。おかげで、君は君自身や僕だけでなく、会社をも危険にさらしてくれたんだ」

「何ですって?」リビーは息をのんで顔を上げた。

バンスの形のいい唇が残酷にゆがんだ。「口をはさまないと約束しただろう?」

リビーの体は震え、止めることができなくなった。

バンスはテーブルから離れ、脚を伸ばして両腕を胸の前で組んだ。「僕には敵がいるんだ。会社の中に、誰か僕を倒そうとしているやつがいる。もしかしたらもう、やつらはその計画を成功させたかもしれない。鉱山の落盤事故は故意に仕組まれたものだが、恐ろしい結果をもたらした。二人の命と僕の視力が奪われたんだ」

リビーは身動き一つしなかったが、初めて知らされた衝撃的な事実に、瞳は濃い紫色に変わった。

「君がやってきたために、事態はますますややこしくなってしまった。君も敵の標的になるからね。運の悪いことに、今朝僕の様子を聞きにスティルマン先生のところに行ったせいで、マーティンまで君のことを知ってしまった。今ごろはもうナイロビ中に知れ渡っているはずだ。奥の寝室を見ただろう。誰かが僕たちの結婚式の前夜、この家に火をつけたんだ――それがハネムーンを突然取りやめることになった理由の一つだ。最初僕は、果樹園の作業員の誰かが酔った勢いで憂さ晴らしに火をつけたのだろうと考えた。でもとにかく君がここに来るまでには、そんなことが二度と起こらないようにしたかったから、部屋をちゃんと修理して、犯人を捕まえるつもりだった。ところがその週、鉱山の方で問題が続き、事態はますます悪くなっていった。そしてそのあとは君も知っているとおりだ」

彼の話を聞いて、リビーは恐怖を覚えた。

「鉱山の事故があると、必ず取り調べのため査問委員会が開かれる。もし過失があったと証明されれば会社は解体され、僕はケニアで仕事をすることを禁じられてしまう。そうなったら、この種のニュースはたちまち広がるから、アフリカのどの土地においても仕事をする許可が得られなくなるかもしれない。特に二人の作業員の死亡の責任を負うことにでもなったら、もうだめだ」

リビーは、彼が悲嘆に暮れて深いため息を漏らすのを聞いた。

「目が覚めて盲目になったことを知って、僕は自分がねらわれていることに確信を持った。犯人は僕の視力が奪われたと聞いて大喜びしているに違いない。だが、敵が一人か複数かは知らないが、やつらが気づいていないことがある。つまり、僕があくまでも戦う意思を捨てていないということだ。僕は大勢の人間を雇っている。何百もの家族が僕を頼りにしているんだ。だからこそみんなの期待を裏切りたくない。それに、この種の事件は鉱山事業や工業一般に悪影響を与えるんだ。ことに鉱山事業がまだ始まったばかりの段階にあるケニアでは」

リビーは夫の話を聞いて、魔法にかけられたような気持になった。私は何にも知らなかった……何にも……。彼女は夫を見つめた。

バンスはまるで実際に見えているかのようにリビーの方を見つめている。「君と結婚しなければよかった」彼の声は厳しく、きっぱりとしていた。「僕はできるだけ早く結婚を解消したい。しかし、心苦しいんだが、まず君に頼まなければならないことがある」

長い間沈黙が続いた。リビーの希望は完全に打ち砕かれていた。彼女は麻痺《まひ》したようになって口をきくこともできなかった。

「リビー？」彼の口の端が神経質に動いた。

彼女は息を吸い込んだ。「口をはさむなと言われたから」彼が手を固く握りしめるのを見て、リビーは満足感を覚えた。

「僕は意識がはっきりするとすぐ、チャールズ・ランキンに電話をした。彼は僕の頼みを聞いて、ここに来ることを承知してくれた」

「まあ、よかったわ！」リビーは思わず声をあげていた。バンスを助けられるのは、チャールズしかいない。彼は、バンスよりも二十歳くらい上の勅選弁護士である。バンスとリビーのささやかな結婚式では介添え人を務めてくれた。

「チャールズに頼めたからといって、安心できるわけではないんだよ。だがこの悪夢のような事態にあって、僕が信頼して相談できるのは彼だけだ。僕たちは電話で連絡を取り合い、作戦を練っていた。ところが君がやってきたことで、事態はかなり変わってしまったんだ。前に言ったように、我々が結婚したことは誰にも知らせなかった。君のことはハネムーンから帰ってから、正式なパーティーを開いて発表するつもりだったんだ。そこにあの事故だ。僕は誰にも妻がいると知られたくなかった。僕をねらっているやつが誰だか知らないが、君を利用して僕に近づいてくる可能性があるからね。今の危険な状況で、妻という存在があることは男の弱みになる。だからこそ僕は君にそばにいてほしくなかったんだ。君自身のためにも、そして僕自身のためにも」

リビーは座っていられなくなり、立ち上がった。「あなたはその話をすべて手紙に書いたの？」

「ああ、主要な部分だけ」

「つまり、私がここに来たために、敵にまた武器を渡したわけね」リビーは声を詰まらせた。今彼から聞いた思いがけない事情について、ゆっくり考えたかった。

「そのとおりだ。昨夜君が寝室に行ってから、僕は君がこちらへ来たことをチャールズに電話で知らせた。こうなった以上、彼はやり方を変えるつもりらしい」

リビーは息を詰めた。

「もし君が今ロンドンに帰ったら、僕の立場をもっと悪くするかもしれない。面倒な事態を見て、妻がさっさと逃げ帰ったとなると、査問委員会の役人たちの心証が悪くなる。しかし、僕たち夫婦が力を合わせて戦っているところを見せれば、従業員の家族たちの信頼も増すだろう。妻という存在は雰囲気を和らげる効果を持っているからね」

「私、問題をこじらすつもりはなかったのよ」

「すんだことはしかたない。だが我々が優位に立っている点もある。チャールズ以外、僕が、社内に潜行している陰謀に気づいていると知る者はいない。その間にチャールズが一人で探りを入れる。つまり、僕は新婚生活にすっかりうつつを抜かしているふりをするんだ。みんなの前で、妻に心を奪われてしまった花婿の役を演じる。美しい新妻を抱いていれば、僕がほかに気にかけていることがあろうとは誰もうたぐらないだろう」

マーティン・ディーンの前で、バンスがあんな行動をとったわけがリビーにもやっとわかった。

「我々は名目だけの夫婦だ、リビー。しかし世間にはこのことを知られてはならない。もちろん我々と、そしてチャールズ以外には」

「もちろんそうね」リビーの喉元に苦いものがこみ上げてきた。

バンスは考え込むような表情を浮かべた。「君にこんなことを頼みたくはない。しかし、ほかの人間の命がかかわっているんだ。チャールズは来週中にはやってくる。そしてこの家とフラットの両方に、客として滞在することになる」

「わかりました」リビーはまっすぐ前を見つめながら返事をしたが、何も見えていなかった。

「君がここにいるのに僕が今週会社に出ていったりすると、芳しくない評判を立てられるだろう。君を見てマーティンはずいぶん衝撃を受けたようだ。声の調子も違っていたし、いつもはあんなに無口な男じゃない。僕に少しでも分別があれば、君とここにこもっているべきだと彼は言った。もう一時間もすれば、会社の連中はみんな僕がハネムーンを楽しんでいると知らされるだろう。さあ、あとは君次第だ。僕の頼みは厚かましすぎるだろうか、リビー？」

そうよ！　彼女は声を張り上げてそう答えたかった。手を伸ばせば届くところにバンスは座っている。なのに彼を手に入れることはできないのだ。私は耐えられるだろうか。自分の気持を犠牲にしてまでその頼みを受け入れられるほど、彼を愛しているだろうか。彼女の唇は震えた。私は、たとえどんなことがあっても彼の妻になりたいと願ったはずだ。運命は今、私をもてあそんでいるとしか思えない。リビーは、物思いに沈んだバンスの表情を見て、胸を締めつけられた。この先、夫婦として一緒に暮らしていくうちに、彼の気持を和らげることができるかもしれない。バンスは、一時は結婚を決意するほど私を愛してくれたのだ。それだけは確信できる。

「会社全体のことを考えなければならないあなたの立場はよくわかりました。すべての事情を説明してもらった今、あなたのお手伝いがしたいと思うわ」

「ありがとう、リビー」安心したのだろう、彼は大きく息をついた。

「話が終わったのなら、私シャワーを浴びて着替えたいの。そのあとは荷物を整理するわ」

彼は立ち上がった。「ケニアにいる間は、ここは君の家だ。好きなようにすればいい。僕の許可を取る必要はないさ。それからもう一つだけ、君に頼みたいことがある」シャツのポケットを探る。「僕たちの結婚生活をできるだけ本物らしく見せることが大切だ。だからもう少しの間、この指輪をはめていてもらいたい」二つの指輪をテーブルの上に置くと、壁を手探りしながらキッチンを出ていった。

紫水晶が日光を受けて、天井に小さな虹《にじ》を映し出している。バンスが農園に来るまでの間、私の左手を握り続けていたわけがわかった。マーティンに私たちの本当の状態を知られたくなかったのだ。

リビーは指輪をはめながら昨夜の自分の無分別な行動を後悔していた。もし彼の愛を取り戻すことができたなら、もう二度とこの指を離れることはないだろう。

皿洗いをすませたあと、寝室についているバスルームに急いで入って、シャワーを浴びた。蛇口も何もかも新しく、白く輝いている。こんな辺鄙《へんぴ》な高地によくもこれだけの設備を整えたものだ、とリビーは新たにバンスの仕事ぶりに感心した。

ジーンズとコットンのセーターに着替え、髪をブラッシングしたあと、邪魔にならないよう器用に一本の三つ編みにした。それからスーツケースの中身を空け、服をクロゼットにかけて、洗面用具をバスルームに置いた。

荷物の整理を終えると、リビーはキッチンに向かった。今夜は特別なディナーだ。海の向こうの大陸ではなく、部屋をいくつか隔てたところにバンスがいると思うと、気持が安らぐ。

チャールズはそれほど早くは来られないだろう。バンスは今こそ助けを必要としている。マーティン・ディーンがいてくれてよかったと思いながらも、リビーはピーター・フロムズの名前がバンスの口から聞かれないことを不思議に思った。ピーターも会社の役員の一人で、バンスと彼との友情は大学時代にさかのぼる。以前ロンドンのアンソン家で開かれたパーティーで、リビーはピーターに会っている。そのとき、バンスとピーターは親友だという印象を受けたのに、結婚式の際、バンスはチャールズに介添え人を頼んだ。リビーがその理由を尋ねると、ピーターは来られないからとだけ答えた。納得できないものを感じたけれど、リビーは忙しさに取り紛れて、それ以上問いただささなかった。でも、農園に落ち着いた今なら、ピーターのことを尋ねる機会が得られるだろう。

初めて二人きりでとる夕食を特別なものにしようと、リビーは黄色い麻のドレスを着、髪は片方の肩に波打たせた。バンスが一年前にプレゼントしてくれた金のイヤリングをつけ、マダム・ロシャスで最後の仕上げをした。彼の目が見えなくとも、やはりドレスアップした方が気分がいい。

「バンス、夕食の用意ができたわ」

彼は大きな机の前でディクタフォンに何か吹き込んでいた。「あまり食事をしたい気分じゃないんだ。一人ですませてくれ」

「キッシュとサラダだけよ。あなたも少しは休まなければ」

彼は手のひらで目をこすった。疲れているようだ。「僕は大事な電話を待っているんだ」

「キッチンに持ってくればいいわ。もうすぐキッシュが焼き上がるから、あまり遅くならないで」そう言うとリビーはキッチンに戻った。

さっき棚の中にリースリングの瓶を見つけたので、氷を入れてワインクーラーで冷やしておいた。キッシュをオーブンから取り出し、庭から野生の花を摘んできて青と白の陶器の鉢に飾った。

数分過ぎてもバンスが来ないので、仕方なく一人でサラダを食べ始めた。先ほどまでの軽やかな気分は消えていった。

そこへ突然バンスが姿を現し、リビーの心臓は飛び上がった。

「テーブルに花を飾ってるね」

「ええ、庭にたくさん花が咲いているの。それからハーブを植えるのにぴったりの場所が、キッチンの窓の外側にあるの。すばらしいわ」

「君は幸せそうだね」彼はフォークを取り上げながらつぶやいた。知性的な顔に苦悩が表れている。

「そうでない方が不思議よ。あなたはこの農園を楽園にしてくださったのね。私、地所を見て回りたくて仕方がないの。明日の朝早く、乗馬をしない？」

「そんなことは不可能だ」バンスはそう言うとキッシュを一口食べた。

「どうしてだめなの？　スティルマン先生はあなたの健康状態には問題ないから、これまでどおりの運動を続けても差し支えないとおっしゃってたわ。それに、ダイアブロウも運動不足になってると思うわ」

彼は口をぎゅっと引き結んだ。「農園の管理人が動物たちの世話をしてくれている」また人を寄せつけない表情になった。

「でも私、どうしても乗りたいの。あなたが構わなければ、明日ダイアブロウに鞍《くら》をつけるわ」

「いくら君でも、ダイアブロウは元気がよすぎる」

「じゃあ、二人乗りをしてちょうだい。私たち、よくそうしたでしょう。地所の周囲をゆっくり回るだけでいいの」

バンスは答えなかった。

食事のあと、皿洗いをすませたリビーは図書室を通りかかった。やはり恐れていたとおり、ソファベッドが出されていた。農園の管理人が手伝ったのだろう。バンスはもう横になっていた。眠っているのか、あるいはそのふりをしているのかわからなかったが、リビーは爪先立ちで主寝室まで歩き、寝る準備をした。彼の態度が和らぐ日はいつか訪れるのだろうか。彼に安らぎを与えてあげたい。熱い涙が枕《まくら》をぬらした。

4

ドアのノックの音で、リビーは深い眠りから覚めた。もう朝の十時を過ぎている。こんなに遅くまで眠っていたなんて信じられない。体を起こし、髪を目から払った。「バンス、何かご用？」

「邪魔をして申し訳ないが」彼が少し開いたドアから声をかけた。「あと数分で出かけるんだ。夕方まで帰らないから、心配しないように言っておこうと思って」

リビーはベッドから飛び下り、走り寄ってドアを大きく開いた。「会社には顔を出したくないと言っていたじゃない」

「ナイロビに行くんじゃない」

「じゃあ、どこに？」

「例の事故で死亡した二人の家族を訪問しに行くんだよ。葬式に出られなかったからね。その家族は、ここよりさらに上にあるバンツー族の村に住んでいるんだ」

「どうやって行くの？」

「もちろん車だよ」

「私が聞いたのは、誰が運転するかっていうことよ」

「ジェームズだ、農園の管理人の」

「私に運転させて」

「だめだ、リビー。前にも言ったように、犯人が捕まるまで君にはできるだけ出歩かないでほしいんだ」

「あなたと一緒に出かけるのなら、危なくはないでしょう？　それに、その家族の方たちを訪ねるなら、私も行った方がいいんじゃないかしら。あなただって妻の存在は従業員の家族に信頼感を与えると言ったじゃない。それに会社の人たちがすでに私のことを知っているなら、顔を出さないとまずいと思うの。お願い、バンス、ここにいる間にできるだけいろんなところを見て回りたいのよ」

バンスは堪忍袋の緒が切れたという顔をした。「僕はすぐに出かけなければならないんだ。今日の午後には雨が降るという予報が出てる。一度降り始めると、道はたちまち沼みたいになってしまうからね」

「私、五分で支度をします」

彼は髪をかきむしった。「セーターを持ってきなさい。上に行くほど寒くなるし、雨が降ると、ことに寒い」

バンスが承知してくれたことに満足して、リビーは目をつぶった。「すぐ支度します」

「コーヒーとトーストを用意してある。まず何か食べた方がいい。その間ジェームズに、ジープを玄関に回してもらおう」

急いでシャワーを浴びると、リビーはジーンズをはき、襟とカフスのついた薄いブルーのブラウスを着た。この上に北欧製のセーターを着れば充分暖かいだろう。

二十分後、彼女は農園に沿った道にジープを走らせていた。昔よく牧場で、ランドローバーやトレーラーをつけたトラックを運転していたから、ジープの運転には慣れている。バンスは神経質にはなっていないらしく、リビーもリラックスできた。彼は何か重要なことに気を取られているように見える。

「今度は左に曲がるの、バンス?」

彼はうなずいた。「その道をおよそ三十キロほど行くと三叉路《さんさろ》に出る。そこでまた指示するから」

昨日とあまり変わらない景色が続いた。常緑樹の林が何キロも続き、ときどき草地が現れる。これまでのところ、人間は一人もいなかった。リビーは孤独感に襲われ、バンスが隣にいてくれてありがたいと思った。もし何か困ったことがあったら、彼が助けてくれるだろう。たとえ目が見えなくなっても、私にとってバンスは頼れる存在なのだ。それをわかってもらえれば……。

十五キロほど進んだ辺りでリビーは雷のような音を聞いた。バンスがリビーの不安に気づいたらしく、彼女の方に顔を向けた。「心配することはない。ガゼルの群れだ。この辺りでは縞馬《しまうま》と同じくらいよく見かける動物だよ」

リビーは吐息を漏らした。「ほかに知っておくべきことはあるかしら?」

つかの間、バンスの顔に笑みが浮かんだ。「この辺りでライオンやチータに出会うことはまずないだろう。もしそういう動物を見たければ、マサイーアンボセリ野生動物保護区に行けばいい。ナイロビから反対方向に向かって数時間のところだ」

その言葉を聞いてリビーはほっとした。バンスは私を安心させるために説明してくれたのだ。すぐに車をとめて彼に抱きつきたかったが、そんなことをすれば、バンスがどれほど気分を害するかもわかっていたので、かろうじて自分を抑えた。せっかくの外出を不愉快なものにしたくなかったのだ。

目的地に近づいたころ、リビーは辺りを見回した。木がまばらになり、前方に竹林が見える。その向こうは荒野だ。気温が急激に下がっている。高度のせいだけでなく、天候が悪くなってきたからでもある。雲がたれこめ、嵐《あらし》になりそうだった。

バンスの指示に従い、舗装された道路から出て、道と呼べないような草深い道を進んだ。太陽が雲に隠れたので、辺りは暗く、夜のようだった。

「亡くなったお二人について教えてちょうだい」

バンスは座席に座り直した。「二人ともバンツー族の出身で、元々は家畜の世話をしていた。僕がナイバシャ鉱山を開いたとき、そこで働くためにやってきたんだ。ケニアはよく旱魃《かんばつ》に見舞われる。それで、男たちはほかの仕事を探さなければならなくなるのさ。その二人は鉱山の仕事を覚えて、僕のところでずっと働くつもりだった。そうすれば定収入が得られるし、家族の健康保険と年金まで保証されるからね。今日、僕が二人の奥さんを訪問するのは、お悔やみを言うためと、もう一つ、残された家族の面倒を会社が見ると伝えるためさ」

リビーは考え深げにバンスを見た。彼は犠牲者の家族の面倒を間違いなく見るだろう。バンスはそういう人だ。だからこそ、誰かがバンスの成功をねたんで、陥れようとしているなんてまだ信じられない。誰であれ、早く陰謀の張本人が捕まってほしい。

車は二十軒ばかりの小屋が集まった開墾地に着いた。鮮やかな衣服をまとった子供たちがジープを見て走り寄ってきた。

「ジャンボ」バンスは開いた窓から子供たちに呼びかけ、スワヒリ語で言葉を交わし始めた。

「何て言ったの？」

「僕たちのやってきたわけを話して、二人の家の人に伝えるよう頼んだのさ。ここの女性たちは内気だから、子供たちを通した方がうまくゆくんだ」

子供たちはしゃべりながら走り去り、ほどなく戻ってきた。十二歳くらいだろうか、一番年上の男の子が代表して話し、長い会話が続いた。バンスの顔が曇ったので、リビーにも、何かまずいことがあるとわかった。

「どうしたの、バンス？」

彼は顎をこすった。「僕は歓迎されていないと言うんだ。奥さんたちは……殺人者とは話したくないそうだ。こうなるのではないかと恐れていたんだよ。奥さんたちは、僕や会社に関係したものはすべて死をもたらすと思っている」

「その女の人たち、英語を話す？」

バンスはうなずいた。

「じゃあ、私には話をするかもしれないわ。あの事故であなたも視力を失ったことを知っているかしら？　知っていればその人たちの気持も、ずいぶん変わってくるはずよ」

「やめるんだ、リビー」

「バンス、わからない？　その人たちは悲しんでいるのよ。私の気持もきっとわかってくれるわ。共通の苦しみを分かち合えるのよ。そうしたら、あなたの話も聞いてくれると思うの。試してみる価値はあるわ」

「やはり連れてこなければよかった。君は僕の妻だ。彼女らにとっては君もやはり災厄をもたらす疫病神なんだ」

「バンス、あなたは彼女たちを慰めようと思ってここに来たんでしょう。あらゆる可能性を試してみるべきだわ」

彼は素早い動きでリビーの手首をつかんだ。「リビー、聞くんだ。ここの女性たちは今、僕らに敵意を持っている。君は彼女らのやり方や考えを何一つ知らない。こんな一触即発の危険な状況にほうり込むわけにはいかないんだ」

彼は握った手に力を入れた。リビーはその手の上に自分の手を重ねた。「じゃあ、せめて子供たちに聞いてちょうだい、奥さんたちが、私となら話をするかどうか。いやなら断るでしょう」

緊張したときが流れたあと、彼は子供たちに話をした。子供たちが帰ってくるのを待つ間、二人は無言だった。

子供たちはまもなく戻ってきた。年上の子供がリビーを指さして言った。「あなたは行ってもいい。でも彼はだめだ」

「気に入らないな、リビー。やめてくれないか」

彼女の鼓動が速くなった。「私、試してみたいわ。不安だけれど、でも、その人たちの気持がわかると思うの」

「何か起こりそうだと思ったら、大きな声で叫ぶんだぞ」

「約束するわ」リビーは彼の気が変わらないうちに急いでジープから降り、子供たちについて森のはずれにある小屋に向かった。

入口に回ると、花模様のドレスを着た女性が赤ちゃんを抱いて出てきた。小さな子供がスカートをつかんでいる。もう一人の女性が戸口のところに立っていた。二人の目には歓迎の色はなかったが、リビーは恐怖を感じなかった。ただ夫を失った女性たちの悲しみに胸を締めつけられた。私のバンスはとにかく生きているのだ……。

「私はリビー・アンソンです」リビーは話し始めた。

女性たちは何も言わなかった。リビーは咳《せき》払いをした。

「あなた方のご主人が亡くなられ、本当にお気の毒なことをしました。取り返しのつかないことですけど、残されたあなた方の生活は、最後まで会社が面倒を見ます。夫はそう伝えたいと思っているのです」

女性たちはじっと立ったままだった。リビーには自分の言ったことが通じているかどうか、まるでわからなかった。

「私の夫は確かに命こそ落としませんでしたけれど、あの事故で負傷しました。もう目が見えないのです。そして目が見えなくなったから、自分は一人前の男ではないと言い、私を実家に帰そうとしているのです。私は夫を愛しています。あなた方がご主人を愛していたように。だから夫のそばにいたいんです」

戸口にいた女性が一歩近づいた。

リビーは深く息を吸って話を続けた。「夫は苦しんでいます。もしあなた方が夫の助けを受け入れてくださったら、彼の苦しみも軽くなるでしょう。もっと早くここに来たかったのですが、彼は昨日まで入院していたんです。それで退院後すぐ今朝一番にここへ来て、あなた方の様子を尋ね、生活費のことで心配しないよう伝えに来たのです」

「あの事故は彼のせいだと言ってる人もいるんですよ」リビーの近くにいる女性がゆっくりした口調で言った。

「自分の目をつぶすような事故を自分で仕組んだりするでしょうか？」リビーは相手が目をそらすまでじっとその女性の目を見つめながら諭すように言った。「夫は事故を起こした犯人を見つけ出そうとしています」

「あなたの赤ちゃんはどこにいるの？」もう一人の女性が恥ずかしそうに尋ねた。

「夫があなた方や会社のことを心配している限り、赤ん坊は生まれないでしょう」

二人の女性はお互いに顔を見合わせ、またリビーを見た。「赤ちゃんが欲しいのね？」

「とっても。あなた方のお子さんのように、元気な息子と娘が欲しいわ」

「ご主人はあなたの目を見ることができないの？」

「ええ。彼には何も見えないんです」

「赤ん坊を作るには、目が見えなくてもいいのよ」もう一人がほほ笑みを浮かべながら言った。

「そのとおりだけど、夫は誇り高い男です。それがどういうことを意味するか、わかりますか？」

女性たちは二人ともうなずいた。一人が言った。「私の夫は、狩りに出て獲物をとれなかったとき、三日間家に寄りつかなかったわ」

三人の女性は共感して目を見合わせた。

「夫は車の中にいます。私についてきてください。自分の口からさっきのことをあなた方にお話ししたいと思っているでしょう」リビーはそのまま振り返らずに、ジープの方へ歩いていった。

バンスは腕組みをして車の前に立って待っていた。頼もしい姿だった。

「大丈夫よ、バンス」そうつぶやきながら、リビーは彼の腕に手を回した。バンスは思いがけなく彼女の肩に腕をかけた。

二人の女性は少し離れて後ろにいたが、スワヒリ語で彼に話しかけた。最初は遠慮がちだった二人も、そのうち長い会話を始めた。リビーに通訳は必要なかった。バンスの気持は目と動作に表れている。彼は胸のポケットから封筒を二通取り出して、女性たちに受け取るよう促した。最初はためらっていたが、二人とも受け取り、会話はさらに活気づいた。

リビーの肩に回されていた手に力がこめられた。「奥さんたちは君のことがとても気に入ったらしい。僕たちに食事をしていくようにと言っている。断ることはできないぞ」彼はリビーにだけ聞こえるよう、そっと話した。「出されたものはすべて味わわなければいけないよ」

その様子から、驚くようなことが待ち構えていること、そして彼がそれをおもしろがっていることがわかった。リビーは彼の腰に腕を回した。「あなたが食べるものは何でも食べるわ」

小屋の外にある空き地に向かってみんなは一緒に歩いていった。各家族が共同で食事をする場所らしい。たき火が燃えていて、その上に長い棒が十文字にかけられている。バンスは地面の上に座り、リビーを引っ張ってすぐそばに座らせた。木の皿が前に置かれ、リビーには判別できないさまざまな食べ物が盛られた。初めて口にしてみたものは、コーンミールやさつまいも、それに鶏肉の味がした。食べ物がすべて温かいのが何よりもありがたかったし、火のそばに座るのも心地よかった。空を見上げると大きな雷雲が急速に動いていて、ただならぬ気配を感じさせる。冷たい風も吹いてきたが、子供たちは寒さを感じない様子だ。

「早くここを発《た》たなければ、リビー。雨のにおいがする」二人は食事をすませると、嵐の前に出発しなければならないとできるだけ礼儀正しく女性たちに説明した。それから食事の礼を言い、急いでジープに戻った。

リビーがエンジンをかけたとき、最初の雨粒がフロントガラスに落ち、一キロも進まないうちに土砂降りになった。バンスの言ったことは誇張ではなかった。まばらに生えている草の下は数十センチの深さの滑りやすいぬかるみになっている。まるでスケートリンクの上を走っているようだ。しかも幹線道路に出るまではずっと下り坂なのだ。彼女はただ、車が道からそれないようにするだけで精いっぱいだった。

「私、車をコントロールできそうもないわ」自分の声がうわずっているのがわかった。

「じゃあ、ゆっくりと車をわきにとめて、エンジンを切るんだ。嵐が通り過ぎるのを待とう」

「やってみるわ」しかし彼の言葉に従おうとしたとき、突然ジープが半回転した。車を元に戻そうとしたが勢いあまって道からそれた。「バンス！　衝突するわ！」

その瞬間、リビーはバンスの腕が自分の顔をかばうのを感じた。しかしリビーの耳に聞こえたのは、ガラスが割れる音や金属が壊れる音ではなく、松葉が車体をこする柔らかい音だけだった。雨がますます激しく降ってきた。

「大丈夫かい、リビー？」バンスはかすれた声でそうつぶやくと、リビーの首に熱のこもったキスを浴びせ、彼女の震えが止まるまで強く抱きしめた。「松の木立に突っ込んだだけだ」

激しい震えが体を走り、リビーは彼にしがみついた。「こんなに怖かったのは生まれて初めて。ハンドルが私の手を離れて、ひとりでに回ったの」

「しいっ」バンスは唇をリビーの唇に近づけた。「もう終わったんだ。考えるのはやめなさい」そして飢えたように激しくキスをした。リビーは思わず彼に応《こた》えた。事故が二人の感情を高ぶらせたのだ。キスは果てしなく続き、彼の腕の中でリビーは酔いしれた。

無意識のうちに手をバンスのシャツの中に滑らせ、肌の温かさを探っていた。「愛しているわ」彼の顔やまぶたをキスで覆いながら、リビーはつぶやいた。

突然バンスは大きく息を吐き、彼女を優しく、しかしきっぱりと自分から離しながら座席に座り直した。「もう君も落ち着いたようだな。僕は外に出て、車がどれほど深く埋まっているか調べてくるよ」

リビーは、乱暴に現実へと引き戻されたことで、先ほどの事故より大きなショックを受けた。バンスはただ慰めようとしただけなのかもしれないが、キスにこめられた生々しい情熱が、リビーに火をつけたのだった。

バンスの判断で、二人は雨がやむまで車を動かすのを待つことにした。「何とか車を道に引き上げることができるだろう。それに、どこも壊れたり、傷ついたりしていないようだ」

「どれくらいの間、降り続くと思う?」

「そんなに長くじゃないよ。でもその間、せめて車内を暖かくしておこう」

ヒーターを入れると、車内はまもなく心地よい暖かさに包まれた。バンスは座席の後ろに置いてあった小さなバッグの中を探り、ブランディの瓶を取り出した。

「ほら、僕の救急箱だ。今までめったに使ったことはないけどね。一杯どう？」バンスは注意深くカップにつぎ、最初に彼女に差し出した。

断ろうかとも考えたが、リビーは思い直した。彼の存在を意識せずにいるためには、アルコールの力でも借りなければ。「ありがとう」ブランディが喉を焼き、リビーは咳《せ》き込んだ。

カップを受け取るとバンスが早いピッチで飲み始めたので、リビーは驚いた。私の知っているバンスは、アルコールに対していつも節度を保っていたのに。どうやら酔いつぶれてしまうつもりらしい。

しばらくして彼女は雨がやんでいるのに気づいた。夫の行動に目を奪われていて、外の様子に注意を向けていなかったのだ。「バンス？」

「うん？」

「車を動かしましょうか？　雨はやんだわ」

「あと少ししたら」

「でも、もう遅いわ。すぐ暗くなるわよ」

「僕はいつも真っ暗だよ。そのくらいのことで怖がらないでくれ」

彼は窓に頭をもたせかけ、眠り込んでしまった。

泣くべきか笑うべきかわからず、リビーは座席にもたれて休むことにした。ケニアの泥沼の中で一夜を過ごすことがバンスを愛することなら、それもいい。バンスだって、いつまでも私の存在を無視し続けることはできないはずだ。いつかきっと、防壁が取り払われるときが来る。そのときまで私は彼のそばにいて待っていよう。彼女は頭を巡らせ、バンスを見た。やがてまぶたが重くなっていった。

リビーはバンスに揺り起こされた。

驚いたことに、いつの間にかバンスの肩にもたれて眠っていたのだ。大きな白い月が崖《がけ》の上に輝いている。もう雲はどこにも見えなかった。腕時計を見ると十時四十五分だった。

「酔っぱらって眠り込んでしまったよ。すまなかった」

「いいのよ」

「いや。僕はひざまずいて君に感謝しなければならないんだ。あの女性たちに橋渡しをしてくれたことに対してね。勇気のいる行動だったよ」彼は後ろからパーカを取って、ドアを開けた。「ギアをバックに入れて、僕が合図したらアクセルを踏むんだ。泥もさっきよりは固まっているから、もしかしたら奇跡を起こせるかもしれない」

何度となく努力を重ねたあげく、ジープはようやく道に引き上げられ、バンスは車に飛び乗った。

「さあ、家に帰ろう」

〝家〟に帰る――バンスは口を滑らせただけかもしれない。それでも、リビーは心から満足して彼の言葉に従った。

5

最初の一週間は飛ぶように過ぎ、リビーも農園での生活に次第に慣れていった。バンスはナイロビの会社には顔を出さず、朝食をリビーと一緒に食べたあとは、昼食に家に戻るほかはほとんどの時間を農園の管理人と一緒に過ごした。リビーの方は洗濯、掃除、夕食の支度に明け暮れる毎日だった。そしてバンスと一緒に過ごす夕方の時間を何よりも大切にしていた。

バンスは帰ってくるとシャワーを浴び、着替えをする。それから二人でまずシェリーを飲み、夕食を楽しむ。そのあとはクラシック音楽を聞きながら静かに過ごしたり、会話を楽しんだりした。会話の内容は、知的で刺激的ではあるが一般的な話に限られていた。彼らは自分自身や自分の感情、そして二人の未来以外のあらゆることについて話し合った。表面だけを見れば、誰もが仲むつまじい新婚夫婦だと思うだろう。二人が、夫婦としての本当の絆《きずな》で結ばれていないなどとは想像すらできなかった。

あの嵐《あらし》の中で過ごした夜以来、バンスはリビーとの間に感情の上ばかりでなく物理的にも距離を置こうとしていた。彼が会社に出るようになれば、二人のライフスタイルはすっかり変わってしまうに違いない。バンスは査問委員会の問題を抱えているし、さらにチャールズが到着したら、二人だけの時間はまったくなくなるだろう。

日曜日の朝目覚めたとき、リビーは、今日はバンスが一日を家で過ごす最後の日だと思った。そこで、一緒に乗馬をしようと頼んだのだが、彼は曖昧《あいまい》な返事をした。少しの間でも二人で過ごしたいというリビーの望みは打ち砕かれた。

彼女は一人で馬に乗ろうと決心し、ジーンズをはいてジュースとトーストの軽い朝食をすませると厩《うまや》に向かった。図書室をのぞかない限り、バンスが何をしているのかは知る由もない。それに、もしバンスの行動を気にかけていることが彼に知れたら、それこそ大変な怒りが降りかかってくる。

空には雲一つない美しい日だった。ダイアブロウは一番奥の仕切りにいた。久しぶりに馬や革や干し草のなつかしいにおいをかいで、リビーの胸に喜びがわき上がった。自分の馬キングが一瞬恋しくなったが、バンスの馬に乗ることを思うとやはり胸がわくわくする。

ダイアブロウはリビーが近づくといななき、彼女のにおいをかいだ。リビーは優しく話しかけながら、鼻やたてがみをなでてやった。「ねえ、ダイアブロウ、久しぶりね。走りたくない？　バンスは、あなたを乗りこなすのは私には無理だって言ってるけど、そんなことはないわよね」

壁にかかっていた鞍《くら》をつけ、ダイアブロウを外に連れ出した。以前よりもおとなしくなったような気がする。

「君一人でダイアブロウに乗ってはいけないと言ったはずだぞ、リビー！」

リビーがびっくりして振り向くと、厩の入口に手をかけてバンスが立っていた。ジーンズとニットシャツというカジュアルな服装がよく似合っている。「あなたにも一緒に来てほしいと思っていたのよ。ダイアブロウは私の声がすぐわかったみたい。彼、走りたくてうずうずしているの。私と一緒に、少しだけ乗ってくれない？」

「いやだと言っても無駄のようだな」ダイアブロウは主人のにおいをかぎつけ、バンスの方に寄っていって胸に鼻をすりつけている。リビーは自由に愛情を表現できる馬をうらやましく思った。バンスは馬に優しい声をかけると優雅で機敏な動きで鞍に乗り、リビーに左手を差し出した。「さあ、乗るんだ、リビー」

リビーは自分の周りの世界が静止した気がした。昔に戻ったようだ。全身に震えが走るのを感じながらバンスの手を取り、彼のすぐ前にひらりと乗った。以前はよくこんなふうに二人で裸馬に乗ったものだ。バンスは私のすぐそばにいたいと言って、いつも二人乗りをしようと申し出てくれた。

ダイアブロウがうれしそうに後ろ脚で跳ねている。バンスの力強い腕が彼女の腰に回された。リビーは胸にもたれかかり、彼の鼓動を聞いた。さまざまな感情が押し寄せ、彼に対する愛情で胸がいっぱいになった。「初めにどこへ行きましょうか?」

「太陽に向かって進もう」バンスはそう言って、ダイアブロウの横腹を軽くたたいた。馬は大切なものを運んでいると感じているのか、ゆっくりとした歩調で歩き始めた。果樹園の桃、プラム、梨《なし》の木々の花が競うように咲き誇り、うっとりするような香りを漂わせている。そのそばを、緩い駆け足でダイアブロウは進んでいった。

果樹園を過ぎるとダイアブロウの速度が速くなった。草原を抜けて、森の周りを軽快に駆けた。馬はバンスのちょっとした動きや声に機敏に反応する。リビーはただ手綱を持ち、夫に寄りかかっていればよかった。イギリスで何度もこんなふうに乗馬をしたことがあったが、これほど気持が高揚したことはない。隅々まで人の手の入ったイギリスの田園と、アフリカの自然の違いだろうか。

かなりたってからバンスが手綱を引き、ダイアブロウを駆け足からゆっくりした歩調に変えさせた。そのときまで二人とも口をきくことも忘れていた。リビーは彼がリラックスし、乗馬を楽しんでいることがわかった。彼女自身、すっかり夢中になっていたので彼の目が見えないことすら忘れていた。馬が駆け足で走っているとき、バンスは不安を覚えただろうか。

「風に向かって走るのはどういう感じ?」リビーが振り向いて尋ねたとき、唇がバンスの顎に触れた。そのとたん、彼の体におののきが走った。刺激するつもりなどなかったのに。

私が触れたり近づいたりすると、必ずバンスは身をすくませる。そのたびに私は傷つくのに。「バンス？」まっすぐ前方を見ながらできるだけ平静な声を出そうとした。

「目が見えなくなったことで馬に乗る感じが変わったかどうかと聞いているのなら、答えはノーだ。以前だって、君と一緒に乗っているときは何にも見えなかったよ――この絹のような黒い髪が、僕の視界をさえぎっていたからね」その言葉を聞いて、リビーの動悸《どうき》は激しくなった。「君が髪を切ったり、香水を変えたりしてなくてよかった。変わらないものがあるとわかるのはすばらしいよ」彼はかすれた声で言った。バンスのそんな声を聞くのは久しぶりだ。リビーの胸は熱くなった。

ダイアブロウが立ち止まって草を食べた。バンスは空の方に顔を向け、大きく深呼吸した。

「太陽の角度からすると、ずいぶん長い間走っていたようだ。もう戻った方がいい。昼ごろ電話がかかることになっているんだ」

心の中でリビーはいやと叫んでいた。「まだ早いわ。ほんの少しだけ降りない？　私、体を伸ばしたいの」

バンスはしばらく黙った。「気分が悪いんじゃないだろうね？」その声には心配そうな響きがあった。やっぱりまだ私に対して愛情を持ってくれているんだわ。リビーはもう少しこのままでいたかった。家に戻れば、彼はすぐに図書室に閉じこもってしまうことがわかっていたから。

「気分は最高よ。でも乗馬は久しぶりだから、脚が少し痛いの」

バンスは少しいらいらした様子だったが、何も言わず馬から降りた。そしてリビーを助け降ろそうと手を差し出した。

彼のベルベットのような茶色の瞳があまりにも魅力的だったせいだろうか、あるいは一刻も早く腕に抱かれたいという思いに駆られたせいだろうか、理由が何だったにせよ、リビーがあまりにも性急に動いたため脚がダイアブロウに勢いよくぶつかった。そのはずみで彼女は頭からまっさかさまにバンスの上に落ち、二人とも草の上に倒れた。バンスの喉からうめきが漏れた。

「バンス!」リビーは両膝をついて叫び、彼の顔を両手ではさんだ。下は柔らかい土だったが、ちょうど岩の突き出たところに頭を打ちつけたようだ。「あなた、大丈夫? お願いだから、しっかりしてちょうだい」リビーは頬を涙でぬらしながら声をかけた。

髪にそっと指を走らせると、右のこめかみの近くに小さなこぶができかけているのがわかった。まだ目をつぶっているが、規則的な呼吸をしている。リビーは心からほっとした。「私のせいだわ」うめくように言う。「バンス!」大声で呼びかけて、彼の顔に羽根のように軽いキスを浴びせた。そのとき、岩にぶつかったところが鉱山の事故で受けた負傷と同じ側だということに気づき、恐怖はさらに大きくなった。「目を覚まして、バンス。お願いだから目を開けて」私のわがままからこんなことになったのだ。リビーは自責の念にさいなまれた。ここは農園からは遠く、辺りに人影もない。

「リビー？」バンスの手が上がり、彼女の腕をゆっくりとつかんだ。リビーは涙でぬれた顔を上げ、彼の方を見た。「けがをしたのか？　本当のことを言ってくれ」

「私は大丈夫。けがをしたのはあなたよ、バンス！　頭にこぶができているわ。前に負傷した場所の近くに。ごめんなさい、私が悪かったの。あんまり慌てて降りようとしたものだから」

彼の顔に怒りの色が浮かんだ。「本当のことを言うんだ、リビー。君はさっき気分が悪かったんだろう。何でもないふりをしないでくれ」

「嘘《うそ》じゃないわ、本当よ。私はただ、ダイアブロウをちょっと休ませて、こわばった体をほぐしたいと思っただけなの」

バンスは不安のあまり気持を落ち着けられないようだった。「君の言っていることが真実かどうか、自分の目で確かめられさえすれば」彼の手がリビーの手足を探った。どうしても自分で彼女の無事を確かめずにはいられないようだった。

やがてバンスの手の動きは愛撫《あいぶ》に変わって、リビーの唇から吐息が漏れた。彼の手は滑らかな肌を探り、喉からうなじへと移っていった。

「こんなことをするつもりじゃなかったのに……」バンスはそうつぶやきながら、彼女の頭を引き寄せ、唇を近づけた。「リビー……」

長い間抑えつけていた情熱が解き放たれ、リビーはめまいを感じた。バンスは激しく私の唇を求めている。体中が溶けてしまいそうだ。彼の唇が欲望に火をつけたのだ。

私の身も心もバンスのもの、バンスの思うがままになるわ。リビーは息もできずに身をよじらせた。すっかり我を忘れた彼女には、数メートル離れたところでダイアブロウが落ち着きなく地面をけっている音すら耳に入らなかった。

馬は鼻息荒くいななき始めた。ひづめで草の上を狂ったようにけっている。鳴き声は気味悪く、まるで人間の声のようだった。と、バンスが突然信じられないような強さでリビーを抱きかかえたまま草の上を転がった。その素早さに彼女は息をのんだ。

「動くな。音をたてるんじゃない」バンスは彼女の口を手で覆った。リビーは頭を彼の胸に押しつけたまま体をこわばらせた。彼はリビーを痛いほど強く抱きしめている。生まれたときから馬に親しんできた彼女は、ダイアブロウが今何かと戦っていることがわかった。敵意を持った恐ろしい相手らしい。ここは人の手が入ってない、荒々しい原始の地なのだ。彼女は、危険から自分を守ろうとしているバンスの緊張した体にますます強くしがみついた。

これ以上じっとしてはいられないと思ったとき、ダイアブロウの狂ったような足踏みが止まった。そのうちいななきは優しくなり、鼻息がときたま聞こえてくる。敵が何だったたのかはわからないが、脅威はもうなくなったようだ。リビーを抱いたバンスの腕が緩んだ。

「ゆっくりと、音をたてないで頭を上げなさい。ダイアブロウは蛇と格闘していたんだ。蛇のしゅうっという音が聞こえた。何が見えるか教えてくれ」

リビーは言われたとおりにした。「あなたの言ったとおりよ。蛇だわ」声が震えた。

「どんな格好をしている？」

リビーは乾いた唇をなめた。歯がちがちと鳴っている。「よくわからないけど……一メートルくらいの長さで、頭に何かフードのようなものがついているわ。し、死んでいると思うんだけど」

「色は？」

「はっきり見えないわ。灰色がかった茶色かしら」

「思ったとおりだ。そこを動かないで」バンスは猫のような敏捷《びんしょう》な動きで膝を折って座り、口笛を吹いた。ダイアブロウはいななくと、主人の方に駆け寄ってきた。バンスが馬の脚を軽くたたきながら低い声で話しかけている。リビーは先ほどまでの恐怖を忘れて彼らを見つめた。「僕がなだめている間にダイアブロウに乗るんだ。かなり怖い思いをしたらしい」

リビーは滑らかな背にまたがった。馬はまだ震えている。前方の乱れた草の間に死んだ蛇が見えたとたん、電流でも流れたようにリビーの体に震えが走った。すぐバンスが後ろにまたがり、二人はまた農園に向かった。

「帰ったらすぐジェームズに蛇のことを話すよ。雇い人を集めてあの蛇を片付けさせ、ほかにもいないかどうか付近を調べてもらおう。数年前からここでは見たことがない。めったにないことなんだ。でも、これからは決して一人で遠乗りをしないと約束してもらいたい。スピティング・コブラは猛毒を持っていて、目をねらうんだ。毒液をかけられると数分間でたちまち目が見えなくなる」

リビーは気が遠くなった。「私、あなたと一緒のときでなければ決して馬に乗らないわ」

「君がパニックに陥らなくて助かったよ。大した女性だ、リビー」彼は感嘆したように言った。

「そんな暇がなかったのよ。私、あのとき何もかも忘れて……あの、つまり……」蛇に気づく直前のことを思い出し、リビーは言葉に詰まった。もしダイアブロウが蛇におびえなければ、おそらくバンスは私を自分のものにしていただろう。

「あそこで起こったことはすべて忘れるんだ、リビー。蛇のことも、その前にあったことも、もう二度と起こりはしない」

彼の言葉はリビーを深淵《しんえん》に突き落とした。家に戻ってシャワーを浴び、着替えをする間、リビーは今日の出来事を思い出した。バンスは私が厩の方に出ていったときから私を守ろうとしていたのだ。視力を失っても彼の強さや能力は損なわれていない。それどころか、聴力が視力を補うように鋭くなっている。私には蛇の音など聞こえなかった。バンスは暗闇の世界でみごとに生きているのだ。

頭にできたこぶの手当てをしておく必要がある。リビーは戸棚から氷嚢《ひょうのう》と痛み止めを取り出し、急いで氷を入れて図書室のドアをノックした。「バンス？　頭の手当てをさせて。入ってもいい？」

「そんな必要はない」

「じゃあ、せめて傷の具合を見せてちょうだい」そう言うと彼女は答えを待たないで部屋に入った。彼はシャワーから出てきたばかりのようだった。タオル地のバスローブを羽織り、ソファベッドの端に腰を下ろしていた。

彼の片方の眉が、あざ笑うように上がった。「無理やり入ってくるなら、どうしてわざわざノックをするんだ？」

これが、さっき草の上で私を抱いた人と同一人物だとは信じられない。私の体はまだ燃えているのに。あんなことがあったあとで、どうして彼がこれほど落ち着いて座っていられるのか、リビーには理解できなかった。「さっき、危険から私を守ったとき、あなたは私の許可を取ったりしなかったでしょう。時と場合によっては礼儀に構っていられないこともあるわ。さあ、横になって、バンス。この氷嚢を当てるの。それからスティルマン先生がくださった痛み止めが二錠あるわ。お水を持ってきますから、必要ならのんでね」

リビーは水をくみにバスルームに行った。戻ってみるとバンスはリビーが言ったとおりにしていた。

「さあ、お水よ」彼の手にグラスを軽く触れた。「薬をのんでちょうだい。痛みが軽くなるわ」驚いたことに、バンスは錠剤に手を伸ばし、黙ってのみ込んだ。彼の顔色が悪いので、リビーの不安は大きくなった。部屋はかなり寒い。毛布をかけた方がいいんじゃないかしら。

「何をぐずぐずしているんだ、リビー」リビーがためらいながら立っていると、彼がつぶやいた。「僕に何かかけて、枕《まくら》を整えるんだ。妻の役を演じるのなら、最後までちゃんとやってくれ」

リビーは手を震わせながら毛布をかけた。言葉でどれくらい人を傷つけられるものか、バンスにはわからないに違いない。彼女はドアをたたきつけるように閉めようとしたが、それではいっそうバンスに満足感を与えるだけだと思ってやめた。

昼食を用意し、バンスのところに戻ってみると、彼はぐっすり眠っていた。穏やかな顔をしていたが、眠りに落ちるまで何度も寝返りを打ったらしく、毛布が周りでよじれ、氷嚢は床に落ちていた。

氷嚢をこめかみに戻そうとしたとき、リビーは、額や上唇に玉の汗が浮かんでいるのに気がついた。体が燃えるように熱い！　手を触れてもバンスは目を覚まさない。リビーは飛んでいってスティルマン医師に電話をした。病院中捜してもらった末ようやく電話口に出た医師に、バンスが頭を打った経緯と今の状態を落ち着いて話した。

「心配するほどの事態ではないと思います、ミセス・アンソン。嘔吐《おうと》はしてませんね。頭を強く打つと、よくこぶができたり、めまいを起こしたり熱が出たりするんです。あなたの処置は間違っていません。でも念のため、これから十二時間、呼吸に異状がないかときどき気をつけてください。もし彼がいつまでも眠り続けたり、何か異変があったら、何時でも構いませんから電話をしてください。とにかく、明日の朝診てみましょう。いいですか？」

「どうもありがとうございました、先生」電話を切ったリビーはサンドイッチをバンスの部屋に持ってゆき、本棚からスリラーの本を一冊取った。本を読みながら様子を見守るつもりだった。一時間近くたったころ、バンスが身動きする音が聞こえ、本を置いた。彼はベッドの上に体を起こし、顎をこすっている。

そばに寄って顔色がよくなっているのに気づき、リビーは安心した。心なしかこぶも少し小さくなったようだ。

「少しは気分がよくなった？」

「リビーか？　いったいここで何をしているんだ？」バンスは意地の悪い声で言った。

「あなた、熱があったの。それに目を覚まさなかったものだから、私、スティルマン先生に電話をして……」

「何をしたって？」彼はリビーの言葉を途中でさえぎった。

「怒らないでちょうだい、バンス。私、手当てが間違ってないかどうか、確かめたかったの。スティルマン先生は明日の朝、病院に来るようにとおっしゃったわ」

「どうして君は勝手にそんなことをしたんだ？」バンスの目は怒りでぎらぎらと光っている。

「だってあなたをほうっておくわけにはいかないし、頭を打ったのも、もとはといえば私のせいですもの」

バンスは立ち上がった。「僕は君に、この家を自分の家として扱っていいという許可を与えた。しかし、僕の生活に踏み込んでくるのは許さない。この部屋には絶対に足を踏み入れるな。医者の予約も僕が自分で取る。わかったか？」彼はそう言うと、大きな足音をたてながらホールの奥にあるバスルームに向かった。

「病院に電話して診察の予約をキャンセルしましょうか、それともあなたが電話をなさる？　スティルマン先生はこちらからの連絡を待ってらっしゃるわ」

「ほうっておいてくれ、リビー！」バンスは吠《ほ》えるように言った。「もうたくさんだ」

怒りを抱いたまま、リビーはキッチンに戻り、彼のために作ったサンドイッチを冷蔵庫に入れた。何かしなければ気がおさまらない。汚れ物を集めて洗濯を始めたが、何の助けにもならなかった。たまたま裏にとめてあったジープが目に入り、ためらわずに家を出て運転席に座った。一晩中帰らないでいようかとも思った。たまには心配させてもいいだろう。

自分がどこに向かっているか、まるでわかっていなかったが、その道が最後にはナイロビに到達することだけは知っていた。ナイロビまでの半分の距離を走ったとき、彼女は自分の行動を後悔していた。

途中通りかかった村で一時間ほど買い物をし、道端に置いてあった台で売っているパイナップルを衝動的に買うと、リビーは向きを変えて家に戻った。玄関の前に車を寄せるころにはかなり落ち着いて、夕食にチーズフォンデュを用意できるくらいの気分になっていた。このスイス料理はバンスの好物の一つだ。キルシュワッサーもグリュイエルチーズも手元にある。あとはフランスパンを温めるだけでいい。さっき買ったパイナップルをフルーツサラダに加えれば申し分ない。

「まるで店の商品をすべて買ってきたような気配だな」リビーはバンスの声に振り向いた。買ったものを裏から運び込むのに三回往復したところだった。彼の声には先ほどの怒りはなかった。一人でいる間に落ち着きを取り戻したのだろう。頭に目をやると、こぶはほとんど消えていた。白いショートパンツとワイン色のポロシャツが、日焼けした肌に鮮やかに映えている。

「村の市場がすばらしいの。中に入ったら、とても何も買わないでは出てこられないわ」

「所帯持ちの友人で、すっかり貧乏になったやつからそう聞かされた」

リビーは笑い、彼も低い笑い声をたてた。

「まだあなたの財産を使い果たしたりはしないわ、あと数年はね」

バンスの顔から笑みが消え、リビーは初めて自分の言葉の意味に気づいた。気まずい沈黙が続いた。

「夕食を用意するわ」彼女は片腕に鉢植えを持ち、もう一方の腕で食料品を入れた袋を抱えてドアに向かった。

「もう用意できてるよ」

言われなくてもキッチンに入ったとたん、わかった。じゃがいもと揚げた玉葱《たまねぎ》のおいしそうなにおいが鼻孔をくすぐる。グリルにステーキが準備され、テーブルもセットされていた。彼の強い決意と不屈の意志の表れだ。

「顔を洗ってすぐに戻ります」

「マーティニを用意して待ってるよ」

「すてき。急がなくちゃ」

「リビー」

バンスのためらうような口調にリビーはかすかな不安を覚えた。「はい？」

「ここに来てから、君がどれほど大変な思いをしていたか、僕にはわからなかった。君に家の中の雑用をすべて押しつけるつもりはなかったんだが」

「心配しないでちょうだい。私の友人で、やっぱり結婚してすっかりやつれてしまった人から聞いたんだけど、自然に分担が決まるそうよ」

食事の間、会話はほとんどなかった。長い沈黙を破って、バンスがステーキをすすめた。

「もう一口も食べられないわ。どれも全部お代わりしてるんですもの。あなた、すばらしい奥さんになれてよ、バンス」

「目の見えない男でも役に立つことがあると言いたいのなら、見当違いだ。ほとんどジェームズがしたんだからね」

リビーはコーヒーカップをゆっくりと受け皿に置いた。「私はただおいしい夕食に対して感謝しただけなのに、あなたにはまるで通じないようね」彼女はテーブルから立ち上がった。「明日は私が車で会社まで送るわ。もしチャールズがここに泊まるなら、寝室を一つ用意しなければならないわね。北側の寝室に入れる家具のことで、何かご希望は？」

バンスは口をナプキンでぬぐった。「あの部屋の修理や壁塗りはジェームズに人を手配させよう。でも、家具選びは君の領分だ。コールダーという店に行けばたいてい何でもそろっているし、配達もしてくれる」

「私の方の用事が終わったら、昼食を一緒にできるかしら？」

彼は首を振った。「明日は一日中予定がいっぱいだ。君は一人で帰ってくれ。遅くなると思うから、僕は誰かに送ってもらう。それから君の名前でロイズ銀行に口座を開いてあるから、必要な額をいつでも引き出せばいい」

「私がお金を持って逃げ出すかもしれないとは思わないの?」さっきのように二人で冗談を言って笑い合えないかと期待しながらリビーは言った。しかしバンスの目は暗かった。

「僕が本当に恐れているのは、君が逃げ出さないつもりなんじゃないかということだ」

リビーは両手を握りしめた。「いったいどうしたの、バンス? 結婚のまねごとを続けるのが耐えられなくなったんじゃない? チャールズに電話をして、もう花婿の役をするのがいやになったと言えば? それとも……」

「もうたくさんだ、リビー。こんなことを言うべきじゃなかったな。ただ僕は、君をこの醜い茶番劇に巻き込みたくなかったんだ。しかも敵がいったい何者か、まったくわかってないんだから。やつらは欲しいものは殺人を犯してでも手に入れようとする。家庭の雑事のレベルの問題じゃないんだ」

リビーは立ち上がり、皿洗いを始めた。「あなたは私の助けを求め、私は承知したわ。被害者の奥さんたちに会って、ずっと多くのことがわかったの。私はただ巻き込まれているんじゃなくて、自分の意思で参加しているの。あなたもそうでしょう?」

バンスは立ち上がった。「そうかもしれない。でも、僕は君をできるだけみんなの目から隠しておくつもりだ。会社に顔を出したりしないでほしい。ナイロビで用をすませたら、まっすぐここに帰るんだ。ジェームズには事情を説明して、僕がいない間は君を守るよう、よく言ってある。もし僕に連絡することがあったら、書斎に電話番号を書いた紙を残してあるから」

バンスは顔を曇らせ髪をかきむしった。

「リビー、できるだけナイロビには近づかないでくれ。ときどき会社まで車の運転を頼むことがあるだろうが、そのときはすぐ農園に戻ってもらいたい。ここの方がずっと安全だ。もし僕が夜も帰ってこられないときには、ジェームズがグレートデーンのアンガスを番犬として置いていってくれる。僕が入院していた間も、彼とアンガスがここの見張りをしてくれたんだ」

リビーは気をつけるとバンスに約束した。来週いっぱいリビーが彼をナイロビに送り、そのついでにいろいろな用事をすませることになった。その話が決まるとバンスは休むためにキッチンを出てゆき、リビーは皿洗いに戻った。

6

次の日、リビーはメモ帳を片手に家の中を歩き、インテリアについて浮かんだアイディアを書きとめていった。寝室の方からは工事をする音や陽気な話し声が聞こえてくる。彼女は居間をじっくり眺め、高い天井やフランス窓が醸し出す優雅な雰囲気を生かすために、全体をクラシックにまとめようと思った。リビーが母親の実家から受け継いだ典雅なフランス製の書き物机と椅子数脚はロンドンの倉庫に保管されている。実家の寝室にかかっているお気に入りの絵数枚と一緒に、こちらに送らせるよう手配しよう。それらの家具に、選《え》りすぐったアフリカの芸術品はよく合うだろう。しかし食堂の方は、まずバンスの意見を聞く必要がある。

水曜日にリビーはコールダーの店で家具を注文した。頼んだ家具は二日後に届き、その日はそれらの家具を配置するのにほとんどの時間を費やした。

ここのところ朝食とナイロビまでのドライブの時間を除くと、リビーはほとんどバンスと一緒にいることがない。帰りは会社のスタッフの誰かが彼を農園まで送ってくるが、いつも夜遅かった。そして帰り着くと、食事はもうすませてきたと言って、バンスはすぐ図書室に消えてしまうのだ。

どうやら以前にもましてリビーとの間に距離を置こうと決心しているらしい。しかしそれでいっそうリビーの方も、彼にとってなくてはならない存在になろうと決意を新たにした。しかし拒絶されたままでいるのはつらかった。じっと耐えていれば、いつかは何か変わるかもしれないが。

楽観的に考えることにして、リビーはその夜の夕食には特別腕をふるった。香ばしいパンとラムのローストの香りに引かれて、バンスもいつもより長く食卓にとどまるかもしれない。

夕食の準備ができて三十分たっても、まだバンスが戻らないので、リビーは心配になってきた。午後遅くから天候が荒れ始めている。運転手がついているにしても、この雨では気にかかる。

何かせずにはいられない気持で、彼女は暖炉の火を燃やし、キッチンを暖かくした。そのとき電話が鳴った。

「もしもし」緊張しながらリビーはすぐに受話器を取った。

「リビーかい？　異状はないか？」

バンスの声を聞いて、たちまち気持は軽くなった。「ええ、もちろん。あなたは？」

「会社の者に鉱山まで運転させてきたんだが、この雨で道が不通になって動けないんだ。どうやら今晩はここで足どめをくいそうだ」

リビーは失望をのみ込んだ。「わかったわ」

沈黙が流れた。「君を一晩中一人にするつもりはなかったんだが」バンスの声には心から心配している様子が表れていた。

「もちろんわかってるわ」

「もし不安だったら、ジェームズに電話をしなさい」

「私は大丈夫よ、本当に。お願いだからあなたの方こそ気をつけて。早く帰ってきてちょうだい」

「リビー、もし今夜中にどうともできなかったら、明日の夜まで帰れないと思ってくれ。チャールズの乗った飛行機が六時に着くことになっているから、一緒に農園まで帰るつもりなんだ」

受話器を握っているリビーの手に力が入った。チャールズがここに来ることを忘れていた。その事実を聞かされて彼女は初めて、自分がどれほどバンスと二人きりになれるときを心待ちにしていたか気づいたのだった。チャールズが加われば楽しいにしても、バンスと二人だけの時間は、私にとってこの上なく貴重なものだ。ほかの誰にも邪魔されたくない。でもその気持は、私がどれほど自分勝手になっているかという証拠だ。バンスはチャールズを必要としていて、彼の到着を待ちわびているのだ。

「リビー？」

「私……私、チャールズの部屋を用意しておきます」彼女は慌てて言った。「夕食の献立も考えなければ」

「チャールズはうるさい男じゃないから、あまり無理をしなくていいさ。じゃあ、もう切るよ。おやすみ、リビー」

「おやすみなさい」リビーの声はかすれていた。明日が何光年も先のことのように思える。彼女はたとえようもない寂しさを感じた。一晩でもバンスがいないとこんなに寂しいのに、彼のいない人生なんて考えるだけでも恐ろしい。


次の日の夕方、ランドローバーが玄関の前に着いたとき、リビーは外に駆け出していった。辺りはすっかり夕闇《ゆうやみ》に包まれている。彼女はむさぼるように夫の全身に目を走らせた。いつものバンスはすきのない身だしなみを保っているが、今着ているサファリシャツはよれよれになり汚れていた。顎も髭《ひげ》でうっすらと黒ずんでいる。昨夜はほとんど眠っていないようだ。瞳にはいつもの輝きがないし、目の下には紫色の隈《くま》ができている。その様子から、彼の立場がいかに難しいものかリビーにもわかる気がした。そもそもどうして鉱山に行かなければならなかったのだろう。

「エリザベス、君は会うごとにきれいになるね」

リビーは声のする方に視線を向けた。チャールズが運転席に座っていた。

彼は車から降り、リビーの頬に温かいキスをした。「バンスは運のいいやつだ」

バンスがチャールズの言葉を聞いて唐突に顔を背け車の後ろに回ったので、リビーの胸に痛みが走った。が、気にしないように努めながらチャールズに笑顔を向けた。

「空港に迎えに来てくれたとき、バンスは頭痛がすると言ってたんだ」チャールズがリビーにだけ聞こえるように低い声で話した。彼女は目をバンスに向けたままうなずいた。

「彼、ひどい様子だわ」リビーはそうささやいてから、大きな声で言った。「あなたに面倒を見てもらえるなんて、バンスは本当に好運ね。チャールズ、来ていただけて、私もありがたいわ」

著名な弁護士であるチャールズは、髪も口髭もグレーだ。バンスほどの身長はないが、頑健そうな体格に威厳のある顔立ちをしている。最近五十歳になったばかりだが、身のこなしは十歳くらい若く見える。バンスが車からチャールズのスーツケースを運び出し、玄関に向かう姿を、チャールズとリビーは合図でもしたように同時に見た。彼女の腰に回されたチャールズの腕に力がこもった。「バンスは大した男だ。じっくり待つことだよ。いつかきっと、彼は本当に君の夫になる」

たったそれだけの言葉で、チャールズはリビーの心の重荷を軽くし、彼女の愛情と尊敬を勝ち取った。チャールズは二人の結婚生活の実態も、そうなった理由も知っているのだ。

彼女はチャールズの手を握った。

「あの人にはあなたが必要なんです」

彼はうなずき、二人は家の中に入った。「今の段階では、君の協力がとても重要な意味を持つんだ。君を当てにしていいかな？」チャールズはそう言いながら、突き刺すような視線をリビーに向けた。

「私、バンスのためなら命も惜しくありません」

チャールズのグレーの眉が曇った。「そんなことにはならないよう祈っているが、これが危険なゲームだってことはバンスから聞いているだろうね」

「ええ」

彼は唇を引き結んだ。「よろしい」

リビーはチャールズを居間に請《しょう》じ入れ、ブランディをすすめた。バンスはシャワーを浴びているのだろうか、姿が見えなかった。

リビーはグラスをチャールズに手渡すと、彼に向かい合って座った。「またお会いできるとは思ってましたけど、こんな事情でとは夢にも思いませんでしたわ」

チャールズは口髭をなでた。「人生ってやつはそういうものだ」

寂しげな笑みがリビーの唇の端に浮かんだ。「私がここにやってきたことが、バンスの苦しみをさらに大きくするなんて」彼女は頭をたれた。

「それは反対だよ。私は君の存在が、有利に働くと思っているんだ」

リビーは顔に落ちかかった髪を払った。「本当にそう思ってらっしゃる?」

「愛は奇跡を生む。バンスも心の奥深くで、君の愛の力を感じている。そのうち彼の世界を変え、彼を少しずつ強くしてくれるだろう」

リビーの目が潤んだ。「ありがとう、チャールズ」

「僕が入ってはお邪魔かな?」

椅子の上でリビーは飛び上がるようにして振り向いた。バンスが部屋に入ってきたのに気がつかなかったのだ。彼はシャワーを浴びてジーンズと黒いシャツに着替えている。魅力的だが、近寄りがたい雰囲気だった。日焼けした顔にはまだ苦痛や疲労の影が色濃く漂っている。どこか体の調子が悪いに違いない。

「新しい家具を入れたのよ、バンス。あと数歩進んだら、背もたれのある椅子があるわ。あなたはシェリーがいい、それともブランディになさる?」

「どちらもいらないよ」

リビーはチャールズとちらと視線を交わした。「じゃあ夕食の準備をしてきますから、お二人でゆっくりなさってちょうだい。私たち、今のところキッチンで食事をしてますのよ」

「バンス、今エリザベスに言ったばかりだが、私があと二十歳若ければ、彼女をさらっていくところだ」

バンスは答えなかった。リビーは急いで立ち上がり、キッチンに向かった。バンスはやはりどこか様子がおかしい。頭痛がひどくなったのだろうか。もしかしてあの日、馬から落ちて倒れたときのけがが影響しているのかもしれない。彼女は恐怖を覚えた。

グレービーソースの用意ができると、男性たちをキッチンに呼び入れた。

「すばらしい、君は知的で、しかも家庭的だ」チャールズはリビーにウインクしながら大げさに褒めた。「君には見えないかもしれないが、最上級の食卓だということはわかるだろう」

チャールズの言葉がバンスの痛いところを突いたことが、リビーにはよくわかった。くつろいだ態度をとっているが、水と氷の入ったタンブラーを持った手に異常な力がこめられている。彼女はタンブラーが手の中で砕けるのではないかと恐れた。

食事の途中、チャールズはため息をついて言った。「今までこれほどおいしいヨークシャープディングは食べたことがないよ。マリオンにぜひレシピを教えてやってくれ」チャールズはそう言いながら視線をバンスに向けていた。バンスは食事の間ずっと、いつになく静かだった。「今考えたんだがね、バンス、本当に値打ちのある金鉱は君の家の中にあるよ」

「あなたは女性をいい気分にさせる天才ね」リビーが割って入った。バンスの表情がこわばるのがわかったのだ。「あなたがこんなに長く留守にしている間、マリオンはどうやって耐えるのかしら？」

チャールズは笑った。「彼女は喜んで送り出してくれるよ。しばらく会わないとお互いに新鮮な気持で再会できるからね」

「うらやましいこと」彼女の声が詰まった。コーヒーをつぎ足そうと立ち上がったとき、バンスの目に暗い影が宿っているのが見えた。「居間の方に戻ってリキュールを召し上がる、チャールズ？」

チャールズはリビーにほほ笑んだ。「もし構わなければ、ここに座っていたいんだが。とても今動けるとは思えないな」

彼女は再び腰を下ろした。

「鉱山の事故について、君はどれくらい知ってるんだい、エリザベス？」

リビーはまずチャールズに目を向け、次にバンスを見た。「二人の人が亡くなったということ以外は何にも」

チャールズはテーブルに肘をついた。「バンス、彼女に何もかも話しておいたほうがいいと思うんだが――いろいろな理由から」

「そうだな」かすかにためらったあと、バンスは答え、手前にあった皿を押しやった。

「査問委員会は坑道に残された落盤事故の残骸《ざんがい》を、専門家に詳しく調べさせたんだ。ところが残骸の中には、支柱梁《ばり》の材木のかけらも見つからなかった。確かに使ったはずなのに。僕の鉱山では構造上、支柱梁を要所に設置しなければならないことになっているんだ」

リビーは眉をひそめた。「設計図は証拠にならないの？」

「設計図は問題じゃないんだよ、リビー。工事監督が図面に従って工事をしているかどうか確かめるのは、技師の責任だ。問題の鉱山は、ピーター・フロムズがガレスと一緒にすべてを見回ったんだ。ピーターはガレスと数回見回ったと断言しているし、ガレスも支柱梁は間違いなく入っていたと主張している。それなのに、事故現場にはそのかけらも見当たらないのさ」

「じゃあ、誰かが嘘《うそ》をついているか、それとも……」

「誰かが爆発の直前に梁を取り去ったかだ」バンスがリビーの言葉を引き継いだ。「そして、昨日僕が調査した結果、誰かが取り去ったことに間違いない」

「ということは、これは明らかに殺人事件ね」

「そうなんだ」チャールズが口をはさんだ。「しかし犯行を犯したものが誰であっても、犯人が正式に告訴されるまでは、バンスが全責任を負うことになるんだ」

「それではあんまりだわ」リビーは悲痛な声をあげた。

「確かに君の言うとおりだ」チャールズは身を乗り出して、テーブルの上に両手をついた。

「これで主要な事実がわかったね。さて、そこで君に協力してもらいたいんだが」

リビーはまっすぐ彼の目を見た。「バンスの嫌疑を晴らすためならどんなことでもしますわ」

「よろしい。ではパーティーを開いてもらいたいんだ。この上なく豪華なパーティーをね。飲み物、食べ物、音楽を用意して、君たちの結婚を祝うパーティーだ。そこで君たちは幸せな新婚夫婦というイメージをみんなに与える。とても重大な危機に瀕《ひん》しているとは見えないようにね。シャンペンの雨を降らせるんだ。バンスにはそれくらいの出費は痛くもない」

チャールズはにやりと笑った。

「君たちが客に挨拶《あいさつ》したり、二人で仲むつまじくしゃべったりしている間に、私は人込みに紛れ込む。私のことを知っている者は誰もいない。パーティーの間に君たちを驚かせるほどの情報を収集してみせよう。アルコールは人の舌をすばらしく滑らかにするからね」

リビーはバンスを見た。夫が何を考えているかは想像がつく。「そのパーティーはいつ開けばいいのかしら?」

「早ければ早いほどいい。社員をはじめ、炭抗労働者まですべての人々を招待するんだ。政府の役人や社交上の知人も含めてね。そしてみんなが都合のいいときに気軽に立ち寄れるような、くだけたパーティーにする」

バンスが立ち上がった。彼は見るからに不快そうな表情をしている。「僕はそんなふうにリビーをみんなの前にさらしたくないな、チャールズ」

リビーは、自分を気遣うバンスの気持に胸が熱くなり、その場で彼の腕に身を投げたい衝動に駆られた。

「それは私も同感だが、パーティーは実にいい機会になる。鉱山の事故に関係のある者は、みんな驚くだろう。自分の立場が危なくなっている男——しかも視力を失ったばかりの男が、幸せいっぱいの若い花婿みたいに振る舞うんだからね」

バンスは髪に手をやった。「そうだろうか」

「バンス、家では何も起こらないわ。パーティーの間、私たちがずっと一緒にいれば大丈夫よ」リビーが口を添えた。

チャールズがリビーに感謝をこめた視線を送った。「エリザベスの言うとおりだ。パーティーは犯罪に敵した場所ではない。目撃者がたくさんいるからね。それに今度の事件はどうも素人の仕事のような感じがするんだよ。プロの犯罪ではない。ねたみとか復讐《ふくしゅう》とか、個人的な感情に絡んだもの、あるいは権力争いのようなものが原因じゃないかと思う。私は犯人——または犯人たちと言うべきか——が気を許しているときをねらって観察したいんだ。あんな大事故のすぐあとに結婚披露パーティーを開けば、犯人は精神的に動揺して、何らかの形で秘密を漏らすに違いない」

バンスは両手を腰に当てた。「じゃあそうしよう。パーティーは来週の水曜か木曜辺りに開けると思う。リビー、僕がこれまで会社のパーティーでよく利用した、いいケータリング・サービスがあるから、そこに手伝ってもらえばいい。僕はみんなに電話をして、パーティーのことを伝えよう」

それからの数日間がどんなふうに過ぎていったか、リビーには思い出せないくらいだった。招待状が発送されると、バンスとチャールズは図書室にこもってファイルを調べ、バンスのもとで働いている者の履歴書を可能な限りチェックした。工事監督や技術者の多くは、ほかの会社からアンソン鉱業に移ってきている。バンスとチャールズが夜遅くまで確認や調査の作業をしている間、リビーはパーティーの準備に追われた。

パーティーの前日の火曜日、ケータリング・サービスのスタッフが何台ものバンで到着し、テーブルや椅子、そのほかパーティーで必要と思われるあらゆるものを運び込んだ。リビーは各テーブルに置く花を生け、シェフと一緒にメニューを考えた。結局、戸外でバーベキューをすることにした。何箱ものシャンペンが届き、結婚の披露宴らしい雰囲気を盛り上げる四段のウエディングケーキも一緒に到着した。当日の四時には、農園の家も敷地もみごとに姿を変えていた。

リビーは最大の注意を払って着るものを選んだ。バンスが自分のことを誇らしく思ってくれるよう装いたかったのだ。出会ったころから彼は、黒い髪をそのままふわっとさせておくのが好きだと言っていた。ドレスは、ロンドンで開く予定だった内輪の結婚祝いの集まりで着るつもりだったものに袖《そで》を通した。膝丈の、淡いラベンダー色をしたシフォンのドレスで、胸の辺りにドレープがあり、蝉《せみ》の羽のような袖は手首にボタンがついている。耳にはバンスが結婚のプレゼントにくれた、婚約指輪と対になった紫水晶のイヤリングをつけ、最後に白いくちなしのコサージュを肩にとめた。コサージュはチャールズからの贈り物だった〈最高の花嫁に好運を祈る〉と書かれたカードが添えられていた。

リビーがお礼を言うためにチャールズを捜していると、ちょうどバンスが部屋から出てきた。彼は明るい茶色の新しいスーツを着ていた。彼には茶色が一番よく似合うとリビーは前から思っていた。ベルベットのような瞳を引き立てるのだ。白いシャツとペーズリー模様のネクタイが日焼けした肌によく合っている。シャワーを浴びたばかりなので、髪はまだ湿っていて額や耳の後ろに小さなカールができている。

その姿を見てリビーは震えた。いつも彼の体ほど完璧《かんぺき》なものはないと思っていたが、今ほどその腕に抱かれ、気が遠くなるまでキスされたいと望んだことはない。

バンスは顔を上げた。「リビーかい？」

「どうしてわかったの？」

「くちなしの花の香りがする。農園には咲いてないから、誰かからの贈り物だね」ぎこちない態度が、彼が喜んでいないことを表していた。

「チャールズからよ」

バンスの眉が動いた。「本来なら僕が贈るべきものだな。花婿の怠慢をチャールズが補ってくれたというわけだ」

「私、あなたがくれたイヤリングをつけているのよ、バンス。今着ているドレスにぴったりなの。もしコサージュがお気に召さないなら、取るわ」

彼は嘲《あざけ》るような表情を浮かべた。「僕は何も花が気に入らないなんて言ってない。むしろその反対だ。この念入りな茶番劇には完璧な仕上げだよ。もっと近くにおいで、リビー」

一瞬恐怖がリビーを貫いた。初めてバンスが危険な人物に思えたのだ。彼女は身を震わせながら近づいた。

ブロンズ色の両手が首にかけられた。リビーはまるで催眠状態になったように身動きもしないで、バンスの手が華奢《きゃしゃ》な首から肩をなぞってゆくのを感じていた。「神々しい香りがする。まさに花嫁らしいね。花嫁になった実感はあるかい、リビー？」唇が残酷にゆがんだ。彼はリビーを――そして彼自身を――痛めつけたいらしい。「目の見えない君の恋人、君を危険から守ることはおろか、自分の通る道さえわからない夫、そんな男を君がどれほど愛しているか、試してみようか」

「やめて、バンス！」

リビーの細い首にかけられた両手に力が少しずつ加わった。「忌まわしい現実じゃないか、え、リビー？　それなのに僕たちは、みんなの前で片ときも離れられない夫婦のふりをしなければならないんだ。まず僕をそういう気持にさせておくれ、ミセス・アンソン」

バンスの唇が乱暴に唇に押しつけられたが、彼女は抵抗しなかった。あまり長い間バンスを求めていたので、彼がどういう気持でいようとうれしかったのだ。バンスは呼吸もできないほど激しいキスをした。しかし、彼女が残忍なほどのその愛撫《あいぶ》を歓迎していることがわかると突き放した。

「君はみごとな役者だな。チャールズを捜して、客を迎える準備ができたと言おう」バンスは手を伸ばしてリビーの手を取り、痛いほど強く握りしめた。「美女と野獣か」そう言って笑うと、確信に満ちた足取りで歩き始めた。一方、引きずられるようにして小走りについてゆくリビーの胸は、張り裂けそうだった。「今晩は僕のそばから離れるなよ、リビー」バンスは玄関ホールに入りながら言った。「もし少しでも怪しいと思われる者がいたら、僕に知らせるんだ。早くパーティーが終わってくれればありがたいんだが」

その夜八時ごろには、リビーは三百人以上もの招待客と顔を合わせていた。アンソン鉱業それ自体が一つの小さな町みたいなものなのだ。そしてバンスがすべての主導権を握っている――彼がアンソン鉱業を築き上げ、ここまで大きくしたのだ。その事実をまざまざと見せつけられ、リビーは目のくらむ思いだった。次々と新しい客に引き合わされるうちに、バンスの輝かしい活動ぶりや実業家としての才能に対する畏敬《いけい》の念は一挙にふくらんだ。誰もが彼に尊敬の念を抱いている。夫に対する誇らしさから、輝くような笑みがリビーの顔に自然に浮かんだ。この人たちの中に、悪意を持つ者がいるとはとても信じられない。

客が一堂に会すると、誰かが幸せな二人に乾杯を呼びかけた。みんなが歓声を浴びせ、はやし立てた。リビーは、心のこもった温かな歓迎ぶりにバンスの目がときおり潤むのを見た。最初のざわめきがおさまったとき、バンスがリビーの肩に手をかけた。

彼は客たちの前で話し始めた。「今この場を借りて皆さんにお伝えしたいと思います。我々の会社は苦難を乗り越えてきました。これからも今までどおり、発展してゆくでしょう」バンスは言葉を続けるつもりだったが、客たちの歓声でさえぎられ、静まるまでしばらく待たなければならなかった。「すでにご存じだと思いますが、前回イギリスに行った折り、私は新しいパートナーと契約を結びました」彼の手はリビーのほっそりした腰に優しく回された。「私の美しい妻、リビーを紹介します。私を世界一幸せな男にしてくれた女性です」

バンスはつややかな黒髪に指を走らせ、首筋にキスをした。その愛の表現に客たちの間から口笛や拍手がわき、リビーの体は熱くなった。

客の間からスピーチの続きを請う声があがった。

「数年前、私が休暇でイギリスに戻ったとき、私の父の家の隣に、ある家族が引っ越してきていました。父はその隣人一家をカクテルパーティーに招きました。私はしばらく相手をしてすぐパーティーの場から逃げ出すつもりでした。ところがリビーが居間に入ってきて、私は彼女に心臓をつかまれた気がしました。それ以来、私の心臓はずっとつかまれたままなのです」

リビーはその言葉に驚いてバンスにしがみついた。彼女にもまったく同じことが起こったのだ。バンスに会って以来、ほかの男性は誰も目に入らなくなった。

そのあと次々に新婚夫妻への祝辞やからかいが浴びせられ、バンスはまたリビーに情熱をかき立てるようなキスをした。パーティーが始まる前のバンスの態度を考えると、客の前での愛情表現はリビーにとってショックだった。演技の理由がわかっているだけに、彼の愛撫に酔うことはできなかった。

パーティーではビジネスの話はしない約束になっていたが、やがてバンスは営業方針やテクニカルデータ、人事に関する質問攻めに遭った。どれも彼でなくては答えられないような質問で、みんなはボスが会社に復帰して安心しているようだった。視力を失ったことは何の支障にもなっていない。

バンスがビジネスの話に巻き込まれるのを横で眺めながら、リビーは、このパーティーで彼の傷がいくらかは癒《い》え始めたことを確信した。この集団を率いるリーダーであるバンスは元の調子を取り戻し、もう新しいプロジェクトに着手している。彼が今、重大な危機に直面していることに、あるいは視力を失ったことにさえも、感づく者はいないように思われた。たとえ本当の妻になれなくても、私はこれから先、今夜のことを喜びとともに思い出すだろう。

十一時ごろになるとかなりの客が引き上げたが、チャールズの姿は見えなかった。彼はリビーたちから離れ、酒類を置いたカウンターの近くで手がかりになりそうな話を待っていたのだ。

「バンス、私、シャンペンをもっと運んでこなければならないわ。すぐに戻ってきますから」リビーはささやいた。

「二分間のうちに戻るんだぞ」彼もリビーの髪にささやいた。離れがたい思いで腰に回された腕からすり抜け、リビーは裏庭に向かった。三本だけ残ったシャンペンの瓶を箱から取り出して食堂に急ぎ、氷の上にのせた。

「ミセス・アンソン」背後から聞き慣れない声がしたのでリビーは振り向いた。「たぶん僕を覚えてらっしゃらないでしょうね」

リビーはバンスと同じくらい日焼けした男を見つめた。「あなたは確か、ミスター・ピーター・フロムズとおっしゃいましたわね」

男は人を引きつける笑みを浮かべた。「覚えていてくださったんですね。以前お会いしたときにも、あなたはやはり、ご主人から目を離せない様子でしたね」

「私、そんなにすぐ顔に出るたちかしら？」リビーはほほ笑みながら聞いた。

「そのようですね。僕たちは確かプールで紹介されたんですが、あなたはバンスが水中ポロをしているのに気を取られていて、うわの空だったことを覚えています」

「そうだったかもしれませんわ。でも私、あなたの奥様のナンシーとおしゃべりを楽しんだことを覚えています。奥様はどちら？」

一瞬、彼の目に寂しさが漂った。「彼女は今、パースの実家に帰っています。僕たち、別居中なんです」

「知りませんでしたわ」

「知らなくて当然ですよ。それに今夜はあなたのための夜だ。踊ってくださいますか？でもそんなことをすると、ご主人が気を悪くするかな？」

以前のバンスなら気にしないだろう。しかし、今の彼がどういう反応をするかは見当もつかない。しかもリビーは、ピーター・フロムズがひどく用心深い態度をとっているようなな、奇妙な印象を受けた。どうしてだろう。彼とバンスは一時、あんなに親密だったのに。

「今の僕の言葉は忘れてください」

「どうか、悪く思わないでくださいね。でも私、バンスにすぐ戻ると約束したんです。バンスのところまで帰りながらダンスをしたらどうかしら」

周りでは五、六組のカップルがダンスをしていた。

「あなたは以前にもまして美しい」ピーターはまじめな調子で言った。「バンスはあなたの写真を、会社のデスクの上にいつも飾っていますよ。彼がもうあなたを見ることができないとは、何て残酷なんだ」

もしこれがほかの人から言われたのなら傷ついたかもしれない。しかし理由は説明できないけれど、リビーはピーターの言葉に心からの誠実さと同情が表れているように思った。

「でも、世界の終わりというわけじゃありませんわ」彼女は穏やかに言った。「バンスと私は、肉体的なものよりもっと深いものを共有してますもの」

「もし構わなければ、肉体的なものも今から妻と共有したいと思っているんだ。いいね、ダーリン」リビーは、突然現れたバンスの語調にこめられた激しい怒りに息をのんだ。どうして彼らの間に、これほど緊張した空気が漂っているのだろう。先日の疑問がよみがえった。この二人の関係に、私のことが何かかかわっているのだろうか。

7

ピーターは黙って頭を下げ、バンスは目が見えないとは思えない素早さでリビーを連れ去った。二人は音楽に合わせてダンスを始め、リビーは夫に寄りかかった。

「ピーターは君を誘惑したのか?」

リビーは驚いて足を止め、彼を見上げた。「いいえ、とんでもない」

バンスは眉をひそめた。「やつは酒が少し入るとすぐ羽目をはずすんだ。いつまでもそれで通ると思っているんだったら、大きな間違いだ」

リビーはまばたきをした。「誰かと間違えているんじゃない? さっき私が見た限りでは、彼は一滴も飲んでないようだったわ」

「それは驚きだな。だがやつは信用できない。女だったら誰にでも手を出す男だ。マージ・ディーンのような人妻にさえもだ」

「よくわからないわ。彼はあなたの親友だったんでしょう。ナンシーと一緒にイギリスのあなたの家にまで来てくれたじゃない。あなたたち二人の間に何かあったの?」

「ナンシーに聞けばいい。彼女は家を出ていった」

「バンス、あなたらしくないわ。あの人たちは二人ともとてもいい人よ」

「彼女は君が気に入っていた。だからあのとき、君を誘ってロンドンへ買い物に行ったんだ――君をピーターの抗しがたい魅力から遠ざけるためにね」

「何ですって?」リビーは耳を疑った。

「君を紹介したとき、ピーターが異常なまでの関心を示したからさ」

「あなたはきっと大げさに考えているのよ。もし彼にしつこくつきまとわれたりしていたら、私が忘れるはずないわ」

「ピーターはあの夜、確かに君の周りをうろついていたよ。君は男心をそそる女性だからね。しかし、君が誘いに乗らなかったから、きっと彼のプライドは傷ついたんだろう」

バンスが嫉妬《しっと》心を抱いていたとは、リビーはそれまで全然知らなかった。「そんなふうに思っているのなら、どうしてまだピーターを雇っているの?」

バンスは再びリビーとダンスを始めた。「それはいい質問だ。彼は昔僕の親友だったから、そしてとても優秀なエンジニアだから、かな。ピーターは自分の会社を作れるくらいの力がある。僕は彼を共同経営者にしようかと思ったくらいだ。しかし、彼の飲酒癖はみんなに知れ渡っている。ナンシーが出ていったとき、ピーターは、もう一度だけチャンスを与えてほしいと言ってきた。それで僕は数カ月間の猶予期間を与えたんだ。それなのに……」

「それなのに、どうしたの？」リビーは身を引いて、夫の顔を見上げた。顔色が土気色に変わり、汗が額や上唇に浮かんでいる。「バンス？　どうしたの？」

彼はリビーにもたれかかった。「誰にも知らせるんじゃない。ダンスを続けながらドアのところまで行ってくれ。ただ頭が痛いだけだ」

リビーはバンスを支えながら寝室に連れていった。「横になって。私、スティルマン先生を呼んでくるわ」

「いったい何のために？」バンスは腕で目を覆いながら、ベッドの上に手足を伸ばした。

「ときどき頭痛がするだけなのに」

「でも、遠乗りをして、馬から落ちた日からでしょう。本当なら先週スティルマン先生に診ていただく予定だったのよ。私はずっと心配していたの」

「医者に行く行かないは僕が決める。パーティーに戻って、チャールズのそばにいなさい。彼には事情を説明しておいてくれ。しかしほかの者には決して僕の頭痛のことを漏らすんじゃないぞ」

「あなたが協力してくれるのなら、私も協力するわ」リビーはバスルームに入って、先日処方してもらった鎮痛剤を二錠と水を持ってきた。そしてバンスが薬をのみ終わるまで待った。「起きてはだめよ、バンス。みんなもう、帰りかけてるんだから」

「とにかく様子を見てみよう」

「私はすぐに戻りますから」

会社の上層部のグループが途中でリビーを引き止め、パーティーの礼を言った。その中の何人かがバンスに挨拶《あいさつ》をしたいと申し出た。

「主人はちょっと今、席をはずしているんですけど」リビーは、怪しまれませんようにと願いながら答えた。

グループの中にいたチャールズが近寄ってきて言った。「バンスに、あとで話があると伝えてほしい。私はマーティンの家に行ってくるよ。ほかの人たちと一緒に彼のところで飲み直そうと誘われたんだ」

「そうなんです」マーティン・ディーンが口を添えた。「マージに早く帰ると約束したものですから。妻は数日前から調子が悪いんです」

リビーは彼と握手をしながら言った。「またぜひいらしてください、マーティン。マージもご一緒に。調子が悪いなんてお気の毒ですわ。来週辺り、夕食をご一緒にできたらと思うんですが」

「彼女も喜ぶでしょう。バンスに、明日の朝、話したいことがあると伝えてください。重要なことなんです」マーティンはリビーにだけ聞こえるような小さな声でささやいた。彼の目は、離れたところで誰かと話しているピーター・フロムズの上に注がれている。先ほどはバンスが、今度はマーティンが、ピーターを怪しんでいる様子だ。どうしてピーターの首がまだつながっているのか、不思議なくらいだった。

「そう伝えますわ。おやすみなさい」

数人が一緒に玄関から出ていった。それから三十分間、リビーは残った客につき合って過ごした。ピーターは帰ったようだった。

客がみんないなくなったあと、リビーはいつになくくたびれた気がした。ケータリング・サービスのスタッフが手早くあと片付けをし、去っていった。

リビーは靴を脱ぎ、足音をたてないようにしてバンスの部屋に向かった。まだ明かりがついたままだ。彼は上着を脱いで、腕を目の上にのせ、ぐっすり眠っている。顔を近づけて呼吸を確かめたが、特に異状はなさそうに思えた。眠っている間に頭痛がおさまってくれればいいが。

リビーは自分の部屋に戻り、ドレスを脱ぐとすぐベッドに入った。体は鉛のように重いのに、なかなか寝つけなかった。ピーターとバンスのことを考え、またバンスのことを思った。今夜の彼は新妻に夢中な夫の役をみごとに演じた。二人の関係に疑いをはさむ者はいないだろう。彼女はうつ伏せになって、枕《まくら》に顔をうずめ、すすり泣いた。

翌朝リビーは遅く目覚めた。バンスの部屋をのぞいてみると、すでにベッドは空で、ベッドメークもしてあった。ジェームズがしたのだろう。バンスが、身の回りの世話を自分にではなくジェームズに任せていることに、リビーは傷ついた。しかしジェームズはいつも静かに用をすませ、いつの間にかいなくなっているので、彼の存在はほとんど目立たない。バンスと話ができなかったことにがっかりしながら、リビーは素足のままキッチンに入った。するとそこにバンスの置き手紙があった。ジェームズに運転してもらってナイロビに行くと書いてある。用があったらフラットに連絡するように、昨夜はすばらしいパーティーをありがとう、そのうちきっとお礼をするともあった。置き手紙は彼自身の手で書かれたらしく、子供が書いたように字が斜めに傾いていて、不ぞろいだった。

リビーはもう一度読み返したあと、手紙を屑籠《くずかご》に捨てた。体を動かすことで気持を紛らそうとして、家の端から端までくたくたになるまで掃除をした。

午後には両方の両親に電話をして、昨夜の披露宴のことを話した。親たちには、会社の危機については触れないようにした。話しても彼らの心配を増やすだけだから。

バンスとチャールズは八時ごろ家に帰り着いた。夫を一目見たリビーは、様子がおかしいことに気づいた。「僕に構わないで夕食を食べてくれ」バンスはそう言い捨てると、居間に向かった。リビーの心は沈んだ。彼は挨拶の言葉一つ口にしなかった。

「あなたはまるで病人のようよ、バンス。頭痛がひどくなってるんでしょう」

バンスは居間に通じる戸口のところで立ち止まった。「車に乗っている間に痛んできたんだ。薬をのめば治る。そうしたら、また顔を出す」声は苦しそうで、それだけ言うのがやっとのようだった。

リビーがワインをすすめると、チャールズが、同情をこめた目で見つめた。「我々は今日、フラットで一日中話をしていたんだが、彼はその間に、二度ほどひどい頭痛に悩まされた」

リビーは不安に駆られた。「お話ししておいた方がいいと思うんですけど、実は、一、二週間前二人で遠乗りに出かけたとき、ころんで頭を打ったんです」彼女はそのときのことをかいつまんで話した。「バンスはスティルマン先生に診ていただくことを拒んでるんです。でもあなたから言われたら、彼も聞き入れるんじゃないかしら。明日にでも、検査を受けるよう言ってくださらない？」

「ご亭主は、簡単に説き伏せられるような男じゃないよ。まあ、君もよくわかっているだろうけど。とにかく試してはみるが」チャールズは立ち上がった。「今夜は私たちだけで軽い夕食をとろう。今朝の三時まで起きていたんだ。明日の朝はみんなでゆっくりして、君にこれまで私が探り出したことを教えよう」

バンスが苦しんでいると思うと、リビーは何事にも集中できなかった。それだけでなく、正体のわからないものに頭を悩ませていた。はっきりと言葉に表せないものがわだかまっている。昨夜からずっとそうなのだ。心の隅で、衝動的に彼女はバンスの部屋に入っていった。ゆっくりとした乱れのない呼吸だけが聞こえている。廊下からの明かりで、彼が仰向けになってベッドに寝ているのが見えた。

そのときどうして明かりのスイッチを入れたか、彼女自身にもわからない。しかし明かりがともったとき、バンスは前の晩と同じ反応を見せた。腕を顔に持っていったのだ――あたかも目を光からさえぎるように！

リビーは鳥肌が立つのを感じた。明かりを消すと、バンスの腕はまた体の横に落ちた。彼女は口に手を当てて、喉から思わず声が漏れそうになるのを抑えなければならなかった。すぐさまチャールズのところに急いだ。ノックに応《こた》えてすぐに出てきたチャールズは、まだスーツを着たままだった。リビーは指を彼の口に当てた。

「私と一緒にいらして」彼女はささやいた。「見てもらいたいものがあるんです。説明はあとで。音をたてないでください」

「わかった」チャールズは彼女について隣の部屋に入った。バンスはまだ同じ姿勢で眠っている。チャールズは物問いたげな視線をバンスに向け、再びリビーに戻した。

「明かりをつけますから、何が起こるか見てください」リビーはそうささやいて、スイッチを入れた。今度は三秒ほどたって、バンスの腕が目の上に動いた。もう疑いの余地はない。彼女の目はチャールズに注がれた。「明かりをつけるたびに、バンスは目を覆うんです。もう一度見てください」明かりが消えると、すぐにバンスの腕はシーツの上に下ろされた。

チャールズは呆然《ぼうぜん》としているようだった。彼は手を伸ばし、スイッチを入れた。バンスはうめくような声をあげ、寝返りを打って顔を枕にうずめた。チャールズがリビーの腕をつかみ、二人の間に無言の言葉が交わされた。チャールズが明かりを消すと、バンスの口から静かなため息が漏れた。チャールズはリビーを外に連れ出し、図書室に入った。

「すぐ医者に連絡するんだ」

「そうしますわ」リビーは革表紙の住所録を急いで繰った。

「この目で見なければ、とうてい信じられなかっただろうな」チャールズの声には感情の高ぶりが表れていた。

リビーは震える手でダイアルを回した。

「スティルマンです」

「スティルマン先生、リビー・アンソンです。お知らせしたいことがありまして」リビーは勢《いきお》い込んでことの次第をすべて話した。

「明日の朝一番に、ご主人に病院へ来ていただきたい。大事なことですから、ぜひお願いします。しかしどんなことがあっても、あなたが気づかれたことをご主人には話さないように。その事実に希望が持てるほどの意味があるかどうかはまだわかりませんから」医師の言葉はリビーの希望を打ち砕いた。「ご主人は頭痛を訴えておられますか？」

「ええ。しかも、痛みは日を追ってひどくなっているようです。何でもないとはとても思えません」

「そのようですね。とにかく何があろうと、明朝ご主人を連れてきてください」

「わかりました。お約束しますわ」受話器を置くと、リビーはチャールズに向かって笑顔を見せた。しかし、よろめきながら部屋の入口に姿を現したバンスを見て、その笑みは消えた。

「いったい誰に約束をしていたんだ、リビー?」

リビーの顔から血の気が引いた。チャールズが急いで立ち上がり、リビーの手を取った。部屋には緊張した重苦しい空気が漂った。バンスは、答えを聞くまでは決して許さない性格なのだ。

「スティルマン先生よ」

「本当か?」

「あなたは遠乗りしたときに倒れて以来、ずっと頭痛に悩まされてるわ。今夜は夕食も欲しくないというから、私、心配でスティルマン先生に電話をしたの。こんなにひどい頭痛があっても大丈夫なのかどうか、確かめたかったの。先生は、異状があるとは思われないけど、とにかくあなたを診たいから、明日の朝病院に来るようにとおっしゃったわ。必ず、と念を押してね」

「私が彼女に電話をするようすすめたんだ」チャールズが助け船を出した。「君の体のことを心配しながらじゃ、私もちゃんとした調査ができないからね。わかっていると思うが、査問委員会は月曜日に君の証言を聞くことになっている。委員たちは君を締め上げるだろう。だから私としては、君が心身ともに健全でいてくれないと、とても困るんだ」

リビーは感謝の気持を表してチャールズの手をぎゅっと握った。「頭の打撲は決してばかにはできないわ、バンス。実を言うと、この間私がせっかく取った予約をすっぽかしたことに対して、スティルマン先生は怒ってらっしゃる様子だったわ。またそんなことを繰り返すつもりはありませんから」

バンスはポケットに手を突っ込んだまま部屋の中に入ってきた。「ときたま頭痛がするだけで、別に何でもない」彼の態度には敵意が感じられた。

「何でもないかもしれない」チャールズが穏やかに言った。「しかし、私としては君の体がとても気になるんだ。ことに、まもなく証言台に立たなければならないという時期だからね」

バンスは首をこすった。「確かにそのとおりだ。病院に行くよ」

「それで安心だ」チャールズがバンスの肩を愛情をこめてたたいた。「じゃあ、私はおやすみを言って君たちを二人きりにしてあげなければ。週末にはエリザベスに、これまで集めた情報を教えることになってる。それから三人でいろいろ話し合おう。もう少し時間をかければ、我々は勝利をおさめることができると思うんだが」

「それはいいニュースだ、チャールズ。でもそのことはあとにしよう。どうやら勤務時間を過ぎると、僕の頭はまるで働いてくれないようなんだ、仕事に関してはね」

リビーは不安なまなざしをバンスに向けた。今言ったことは嘘《うそ》だ。彼の頭脳は鋼鉄のようで、昼夜を問わずどんなときでも休むことはない。彼は、電話で診察の予約を取ったという私の説明だけでは納得できないのだ。まだ私を追及するつもりだろうか。彼は追及すると決めたら無慈悲なまでに手を緩めない。席をはずしてくれと言わんばかりのバンスの言葉に従って、チャールズはリビーに手を振り部屋をあとにした。

部屋のまん中に立っているバンスはいつもより大きく、よそよそしく見えた。彼がチャールズと査問委員会について話をしたくないわけがない――リビーは思った。査問委員会の喚問は、彼の生涯にかかわるほど重要なことだ。それなのに今、私と二人きりになりたいというからには、よほどのことがあるのだろう。いずれにしてもいい兆候であるはずがない。

「僕は目が見えないが」バンスは静かに口を切った。「それでも何かがおかしいということくらいはわかる。いったい何が起こってるんだ、リビー？　一晩中かかっても、必ず聞き出してみせる」

「いったい何のことを話しているのか、まるでわからないわ。チャールズも言ったでしょう。私たち、あなたのことを心配して、スティルマン先生に電話をしたの。それだけよ」

「嘘だ」バンスは首を振り、ちらと冷たい笑顔を見せた。「ほかの者はだませるかもしれないが、君が相手にしているのはこのバンスだ。僕は君の性格や考え方すべてを知っている。君は何か僕に隠している」

「ばかなことを言わないで」彼女はあとずさりして屑籠につまずいた。

「おびえているね」バンスは静かに言ったが、拳《こぶし》を固めているのがわかった。「チャールズは君をかばったんだろう」

リビーは身動きすることも声を出すこともできなかった。

「僕の言うとおりらしいね」バンスは一歩彼女の方に近づいた。「何があったんだ、リビー？　僕には知る権利がある！　どうして医者に電話をした？　痛みがひどくなっているというのを聞いたが、いったい誰の痛みだ？　君か？」

「私？」

「あの遠乗りのとき、君は落馬したじゃないか。何でもなかったふりをしているようだが、僕をごまかすことはできないぞ。いったいどこにけがをしたんだ？　言ってくれ！」バンスは次から次へと矢継ぎ早に質問を投げかけてくる。しかし、彼が心配しているのは彼女の体についてだとわかったとき、リビーの恐怖は消えた。彼女は震えながら大きく息を吸った。

「私は何でもないわ、バンス」

「僕には信じられない」

「じゃあ、信じてもらわなければ」そう言うとリビーはバンスに近寄り、以前よくしたように、首に両手を巻きつけた。「自分で確かめて」彼女はそっとささやいた。バンスの体に戦慄《せんりつ》が走ったが、彼は直立したままだった。「私は今までにないほど健康よ」

リビーは緊張したバンスの顎にゆっくりとキスをし、二の腕から肩に手を走らせた。抑えきれない思いで彼女は爪先立ちになり、唇に軽く唇を触れた。バンスは我を忘れるほど私のことを気にかけてくれていたのだ。

バンスは両手を彼女のほっそりした肩から背中に回しながら、低いうめきを漏らした。それからせき立てられるようにリビーを強く抱いた。

「私が大丈夫とわかって、満足した?」

「いや」バンスは唇で柔らかい喉をくすぐるように探りながら、かすれた声で答えた。「君をすっかり僕のものにするまではだめだ」力強い腕で軽々とリビーをすくい上げ、寝室に向かった。本能的に目的地がわかるのか、バンスはリビーが我を忘れているうちに彼女の寝室に行き着いていた。そして優しくリビーをベッドに寝かせると、自分もすぐそばに横になった。「こっちにおいで」彼はリビーを引き寄せた。「君を一晩中愛したい」バンスの手は長い髪の上を滑り、唇は頬から喉に這《は》っていった。「長い間君を待っていた……長い間」その声は震えていた。

「バンス」リビーは両手でバンスの顔をはさみ、目にキスをした。愛情が胸にあふれ、バンスの頭を引き寄せて髪に顔をうずめた。「愛して……私を愛して」

「こんな夜を幾度想像したことか、君を腕に抱いて過ごす夜を。君のすべてを僕のものにするまで愛したい」

キスや愛撫《あいぶ》の一つ一つが、リビーの感覚を目覚めさせた。彼の肌の感触に身を震わせ、甘いワインのような唇に酔った。引きしまった体はリビーの熱い肌に触れるたびに反応する。リビーはなすすべもなく彼にしがみついていた。目から涙がこぼれ落ちると、バンスが唇でその涙をぬぐった。

「バンス」リビーはそうつぶやいたあと、言葉を探した。

バンスの唇が言葉にならない彼女の思いを代弁するように、唇をむさぼった。リビーは再び我を忘れた。

夜明け前、リビーはバンスが自分の名を呼ぶのを聞いた。心から求めているバンスの声に、息も詰まるほどの興奮を覚えながら。唇を求めると、バンスが強い力で抱きしめた。しばらくして、彼女は満ち足りた眠りに落ちた。夢の中にも愛するバンスがいた。

「バンス？」

返事はなかった。リビーは昨夜の出来事を確かめたくて手を伸ばしたが、手に触れたシーツは冷たかった。たちまちはっきりと目が覚めた。バンスがいない。

時計を見ると、もう昼近かった。こんなに遅くまで眠ってしまったなんて信じられない。ベッドのそばに脱ぎ捨てられた衣類がまだそのまま積み重ねられている。昨夜の記憶が押し寄せ、リビーは愛情で胸がいっぱいになった。とうとう私は本当に彼の妻になったのだ。この信じられないような喜びは、どんなに言葉を尽くしても言い表せないだろう。

バスローブを羽織って家の中を捜してみた。不安は的中したらしい。バンスもチャールズもすでにナイロビに出かけたらしく、ランドローバーは見当たらなかった。彼女は、昨夜の出来事で二人の結婚は大きく変化したと思った。そしてバンスも同じ気持でいることを確かめたかった。もし彼が仕事から帰るまで待っていたら、私は気が狂ってしまうのではないだろうか。

昨夜の二人は、愛し愛されること以外、すべてを忘れ去った。リビーには、自分が彼を幸せにしたという深い満足感があった。ところが朝になると、何もかも違って見えてきた。バンスは一言も言葉をかけずに行ってしまった。彼の心情はわかっているつもりだが、理性的になってからバンスがどう考えているか知りたい。でも、そんなことを電話で話すわけにはいかない。いきなり会社に訪ねていってみようか。もしかしたら一緒に食事をしながら話ができるかもしれない……。そして、夜はホテルで過ごせばいいわ。将来のことも話し合わなければならないし。

昨夜二人が共有した時間の思い出がリビーに自信を与えていた。私が会社に姿を現しても、バンスは気にかけないだろう。披露パーティーまでは人目につかないようにと言われていたが、もうパーティーは終わったのだから、人目を避けなければならない理由はないはずだ。それに彼の会社を一度見ておきたい。少しでも自分がバンスの生活にかかわっているという実感が欲しい。そして何より、一刻も早くあの腕に抱かれたい。リビーにとって、昨夜はあまりにも短すぎたのだ。

午後を半分ほど回ったころには支度ができ、リビーはジープを運転してナイロビに向かった。助手席に置いたスーツケースには、バンスと自分の衣類や洗面道具などが詰まっている。バンスがホテルに泊まることを素直に受け入れてくれればいいのだが。彼女は念入りに身支度を整え、新しいフレンチブルーのシルクのドレスを着ていた。髪は雰囲気を変えて、後ろでまとめシニヨンに結った。たとえ目が見えなくても、やはり夫の前では美しくありたかった。彼女は自分の計画にわくわくしながら、これ以上は出せないほどのスピードで車を走らせた。

市街にあと五キロほどというところで、車の温度が異常に上がった。唇をかみながらリビーは仕方なくスピードを落とし、車をとめてエンジンを切った。ラジエーターの中の水がごぼごぼ音をたてている。もしかしたら数週間前の嵐《あらし》の夜、泥水に埋まったことが故障の原因かもしれない。十分間車を休ませたあと、再びスタートさせ、一番最初に見つかったガソリンスタンドに入った。

しかし事態はもっと深刻だった。ジープのサーモスタットがだめになっていて、交換の必要があるそうだ。明日までかかる可能性もあるが、夕方もう一度確認しに寄ってほしいということだった。

こうなってはタクシーを呼んで会社まで行くしかない。リビーは、これくらいのことでめげないよう自分を励ましながら、車からバッグを取り出した。

バンスの会社は新しい共同ビルの二フロアーを占めている。リビーはエレベーターで上がっていき、続き部屋になっているバンスのオフィスと、役員会のための会議室がある階にたどり着いた。秘書の一人がリビーの姿を認め、バンスのオフィスに案内しようとしたが、リビーは押しとどめた。

「主人は一人かしら？」

「ええ、奥様」

「じゃあ、もし構わなければ、彼を驚かせたいの」

「もちろん構いませんわ」秘書はほほ笑んで自分のデスクに戻った。

リビーは動悸《どうき》が激しくなるのを抑えようと努めながら、音をたてないよう注意して部屋に滑り込んだ。バンスはデスクの向こう側の大きな回転椅子に座っていたが、たまたま入口に背を向けていた。

彼女はスーツケースを置くと、爪先立ちでバンスのそばに寄り、首筋に軽くキスをした。「今朝はあなたがいなくて寂しかったわ。あまり寂しかったので、とても家で待っていられなかったの」そうささやきながら彼の前に回り、膝の上に腰を下ろそうとした。しかしその途中で彼女の動きが止まった。今目の前にいる、苦悶《くもん》の表情を浮かべた男は、昨夜愛し合った夫とは別人のようだった。

バンスは蒼白《そうはく》な顔をして目を閉じ、革張りの椅子に座っている。ここ一週間、頭痛に苦しんでいるときに何度も見せた表情だ。リビーが思わず息をのむと、バンスはまばたきして目を開き、すぐ椅子の上で体を起こした。表情が厳しくなり、黒い眉が険しくひそめられた。

「僕のオフィスには足を踏み入れるなと言ったはずだ！」

バンスの怒りにリビーは度を失った。「この間のパーティーで会社のスタッフにはみんな会ったから、もう顔を出してもいいと思ったの」彼女は一歩前に踏み出した。「いつからこんなふうなの？　誰が見てもあなたは病気よ。このままにしておいてはだめよ」

「何度も言うが、僕の健康は僕の問題だ」バンスは唇を固く結んだ。「きみに哀れまれるのはうんざりだよ」

リビーはその場で凍りついたようになった。「哀れむ？」

「そろそろ演技はやめたらどうだ？　君の犠牲的行為は充分知れ渡っている。昨夜《ゆうべ》は目の見えない男に英雄的とすら言える施しをしてくれた。しかし、もう一度同じ演技をしてもらえるとは思っていないから、安心するがいい。まったく、哀れまれて結婚してもらうことになるとは、夢にも思っていなかったよ」

たとえ頬をたたかれて部屋の反対側に飛ばされたとしても、リビーはこれほど痛烈なショックは受けなかっただろう。「昨夜、私が演技をしていたというの?」彼女の声には苦悩が表れていた。

バンスが悪魔のようにほほ笑んだので、リビーは怖《お》じ気づいた。「じゃあ、何だったというんだ?　目の見えない男に施しを与えてやり、しばらくの間はまだ役に立つ面もあると思わせるためかい?」自嘲《じちょう》するように笑う。「君は天性の女優だよ、リビー。君の真意がわかった今でも、昨夜のことを思い出すと胸がいっぱいになる。昨夜は……」彼は言葉を切った。「君の演技は大したものだった。君と一緒に天国へ行った気分だったよ」

「やめて、バンス!」

「君の腕の中で僕は我を忘れたよ。満足かい?　僕は魂を売ったんだ。だが朝が来て、正気に戻ることができた」

「どうしてそんなことが言えるの?」リビーは命綱につかまるように椅子の背にしがみついていた。

「最初から、君にはここにいてほしくないと言ったはずだ。昨夜のことは、僕の会社のために続けていたぺてんが長引いた結果起こったにすぎない。しかし君は本当に役に立ったよ。チャールズが情報をつかんだからには、こんな芝居もおしまいにできる。我々の結婚は終わりだ。最初から結婚などするべきではなかったんだがね。僕が判断を誤ったんだ」

「私には何も言わせてもらえないの？」

バンスは椅子を前に引き、デスクに両手を置いた。「君とは離婚することにしたよ。チャールズが詳しいことを説明してくれる。昨夜君が見せてくれた寛大さには、しかるべき埋め合わせをしようと思っている。君は必要以上のことをしてくれたよ、リビー。だから相応の報酬を与えるつもりだ」

「報酬？」リビーの叫びが辺りの空気を震わせた。「いったいどうしてそんなことが言えるの？　どうして？　私は離婚しませんから！」思わず頭がくらくらし、椅子にもたれかかった。

「いずれはすることになる」どこまでも落ち着いているバンスの口調が、リビーの神経をいら立たせた。「明朝ナイロビを発《た》つ飛行機の予約を取ってある。当座のものだけ荷造りするんだ。残りは僕ができるだけ早くイギリスに送るよう手配する」

「もし私に赤ちゃんができていたとしたら？」

バンスのこめかみがぴくぴく動いた。「そのときには信託預金を用意する。責任を回避するつもりはない」

「あなたは自分自身の子供を腕に抱きたいとは思わないの？　父親になりたいとは思わないの？」

「目の見えない父親だ、それを忘れないでくれ。いずれにしても、今の件は可能性があるというだけで、現実になったわけではない。ついでに話しておいた方がいいと思うが、あの農園は売りに出したよ。ずっと昔マーティンに、もしあそこを売りに出すことがあれば、最初に交渉する権利を与えると約束したんだ。交渉が成立する前に、彼とマージが今度の日曜日、細部をチェックするため家に来る。マーティンはもう手付け金まで払ってる。そういうわけで君には明日、ここを発ってもらいたいんだ」

リビーは耳を疑った。「あの農園はあなたが何よりも自慢にしていた宝物じゃない、バンス。あれは手放せないわ。私が許さないわ！　どうしてそんなことをするの？」

「気がついてないらしいから言っておくが、僕は目が見えないんだ。これからの人生を送るには、あのフラットで充分だ。会社にも近いしね——もっとも、この先僕がまだ会社を持っていればの話だが」

「雇い人を首にするみたいに、私を追い払うことはできないわ」

「僕はできると思っていたんだが」バンスの皮肉な笑みに、リビーの怒りは燃え上がった。

「離婚に承知するまで、一ペニーだって渡さない。おまけに住む場所もないとなれば、ケニアを発つしかないだろう。ここに飛行機の切符がある。明日はチャールズが君を空港まで送って、離婚の手続きの話をしてくれる。それで全部だ」

「時間の無駄だとチャールズに言っておいて」リビーはドアに向かいかけたが、途中で勢いよく振り向いた。「私はケニアを出ませんから。もしあなたが正気に戻ったら、明日ニュー・スタンレー・ホテルに連絡して」声は震えていたが、誇りをかき集め、できるだけ堂々と部屋を出ていった。私はこうしてバンスの人生からも姿を消すことになるのだろうか。

8

「ミセス・アンソン?」

エレベーターの前に立っていたリビーは、声のする方を振り向いた。ピーター・フロムズがすぐ横に立っていた。すっかり取り乱していたので気づかなかったのだ。

「大丈夫ですか?　幽霊のように青白い顔をしてらっしゃいますよ」

「私、おなかがすいていて」リビーは弱々しいほほ笑みを浮かべたが、目は笑っていなかった。「町に来る前に食事をすませればよかったんですけど。心配してくださってありがとう。あなたの方はお元気?」

エレベーターのドアが開き、二人は乗り込んだ。

「本当のことを知りたいと思われますか?」ピーターはくたびれたように息をついた。

「ひどい一日でしたよ。しかもまだ終わってないときてる」

リビーは腕時計を見た。「もう五時過ぎですわ」

「僕はナイバシャ鉱山まで仕事で行かなければならないんですよ」

リビーは彼の仕事着を見た。「すぐお出かけになるの？」

「ええ、それが何か？」

「市街地を出るところまで車に乗せていただけないかと思って。私の車は部品を取り替えてもらうために、そこのガソリンスタンドに置いてあるんです。お願いできるかしら？バンスはまだ仕事があるし」

ピーターは内心驚いているのかもしれないが、そんな様子は見せなかった。「喜んで。でも、会社のトラックですから、そのつもりで覚悟して乗ってくださいよ」

「大丈夫ですわ」

エレベーターが一階に着いた。「このロビーで待っていてくだされば、玄関前にトラックを回します」

「ありがとう、ミスター・フロムズ」

ピーターは親しげにほほ笑んだ。「僕は堅苦しいことが大嫌いなんです。ピーターと呼んでいただけませんか？」

「私も同じですわ。リビーと呼んでくださいな」

彼はうなずいた。「じゃあ、すぐに来ますから」

ピーターが出ていきかけたとき、入れ違いにマーティン・ディーンがぶらぶら入ってきた。マーティンの視線がピーターからリビーへと素早く移動した。「おや、これはまたうれしい驚きですな、ミセス・アンソン。バンスに会いにいらしたんですか？」彼が話している間にピーターは出ていった。

「実はもう、帰るところなんです」リビーはマーティンと話をしたくなかった。ピーターをあからさまに無視したマーティンの態度を不快に感じたし、自分たちの農園に移ってこようとするずうずうしい神経が理解できないのだ。もしも本当にバンスの友人なら、農園を手放すことを止めようとするのではないだろうか。

「ところで、日曜日に僕とマージが家を見に行くことを、バンスからお聞きになりましたか？」

リビーは深く息を吸い込んだ。「ええ、聞きましたわ」

マーティンは耳たぶをいじりながら落ち着かなく笑った。「僕たちは信じられないくらい幸運ですよ。だって……」

「失礼ですが、ミスター・ディーン」リビーは途中でさえぎった。「車が待っていますので。ゆっくりお話しできなくて残念ですわ」

「構いませんよ。今度また」彼は機嫌よく答えたが、態度は冷ややかだった。

トラックに向かって急ぐ途中、リビーは背中にマーティンの視線を感じていた。

ピーターはエンジンをかけたまま、車を動かさずにリビーに顔を向けた。その顔にはかすかなかげりがあった。「僕はあなたのご主人のお気に入りじゃないんですよ、リビー。

あなたが僕の車に乗ったことを、マーティンはすぐバンスに報告するでしょう。僕は気にしませんけど、いちおう忠告しておきたかったんです。もしあなたの心が変わっても、僕は気を悪くしたりしませんから」

「あなたが思ってらっしゃるよりも、私、事情はよく知っていますわ」リビーは穏やかに言った。「バンスの話だと、あなたたちは一時とっても仲がよくて、共同経営者になる話まで出たそうですね」

ピーターはまばたきをした。「そういう時期もありました。でも、それからずいぶんいろんなことがあって。ある連中が……」彼はそこでいきなり言葉を切った。「リビー、あなたをガソリンスタンドに送ってゆくだけで、僕はみんなにゴシップの材料を提供することになるんです」

リビーは、ピーターが何らかの形で手ひどく傷ついたことがあるに違いないと思った。彼のためらう様子を見て、ピーターとバンスの間に何があったのか知りたくなった。

「あなたはご自分の評判を気にしてらっしゃるの、それとも私の？」

「もちろんあなたのです。僕のはこれ以上悪くはなりませんからね。その上、僕は今度の落盤事故の有力な容疑者なんです。完全な敗残者です。ご主人も、たとえ会社のトラックでほんの短い距離を一緒に走るだけでも、よく思わないでしょう」

リビーは座席でくつろいだ姿勢をとった。そのとき、バンスのオフィスにスーツケースを置き忘れたことを思い出した。

ピーターは車の流れが切れるのを待ってから車線に入った。午後の遅い時間で、通りは込んでいた。「ナンシーと別居していることは話しましたっけ?」

「ええ。お気の毒ですわ」

ハンドルを握るピーターの手に力が入った。「お気遣いありがとう。僕も残念なんです。今まで誰にもそう言ったことはなかったが」

奇妙にもリビーは、彼が信頼できる人間のように思った。「正直に答えていただきたいことがあるんですけど」

「あなたは僕を信じてくれますか?」

「ええ」リビーは確信を持って答えた。「バンスによれば、ナンシーとロンドンに来たとき、あなたは私に言い寄ろうとしたというんです。それは本当かしら?」

ピーターは短く笑った。「ああ、そうです。本当のことです」

リビーは明けっぴろげな態度に度肝を抜かれた。「でも、どうして私は覚えてないのかしら。何も印象に残ってないんです」

「あのときは、僕が存在していることさえ気づかなかったんでしょう。あなたはバンスに夢中になっていましたからね」

「ピーター……どうしてそんなことを?」

「バンスとは、ずっと前から友達でした。僕はよく、どうしてバンスは早く結婚して落ち着かないのか、あるいは誰かと一緒に暮らさないのかと不思議に思ったものでした。彼にはいくらでもそういうチャンスがあったんです」それはリビーにも想像できた。「ロンドンでのあの夜、プールのそばであなたを見ているバンスが目に入ったとき、あんなふうに女性を見つめる彼の姿を初めて見たと思いましたよ。そして僕はばかなことをしたんです。あなたに気があるふりをしたら、彼がいったいどう反応するか見てみたくなったんです。そのことを話すと、ナンシーも好奇心をそそられて、僕をあおりました。ところが運悪く、それが裏目に出たんです。僕は、バンスが人であれ何であれ、あれほど深く思い入れることがあるとは想像もしていませんでしたよ」

リビーは麻痺《まひ》したように座っていた。「そんなこと何も知らなかったわ」

「その後バンスは僕に対して礼儀正しく振る舞いはしたけれど、決して許そうとはせず、釈明させてもくれなかった。今考えると、ずいぶんばかなまねをしたものです」

しかしリビーは、すでに三年も前からバンスがそれほど自分に強く引かれていたことを知ってうれしかった。一方、ピーターがどれほど傷ついたかも容易に想像できた。バンスのオフィスでの出来事を思い出し、リビーは胸の痛みに目を閉じた。

「それでナンシーが、あなたを買い物に誘い、あなたも気を悪くされたかどうか探ってくれることになりました」ピーターはリビーの混乱した感情に気づかず、話を続けた。「僕らはあなたたち二人に償いをしたかったんです。何より、僕もナンシーもバンスのことを一番の親友だと思っていたから、その彼がひそかに恋をしていると知って喜んだ。ところがふざけ半分に始めたことが、災いになってしまったんです。一晩で僕たちの関係はもつれてしまい、ちょうど落盤事故のように、何もかも僕に降りかかってきたわけです。これが正直な話です。信じてもらえますか？」

リビーはピーターを見つめた。「前から釈明の機会が必要だと思ってました。適当なときに、バンスに本当のことを話しますわ」

彼は低く笑った。「バンスは聞こうとしないでしょう。ことにあなたが僕をかばおうとすれば」

「ピーター、バンスがケニアからわざわざイギリスの自分の家に呼んだのは、あなたとナンシーだけなんです。バンスにとってあなた方は特別だったんだわ」

「まだわかりませんか？」ピーターはうめくような声を出した。「あなたに言い寄るなんて、彼のほっぺたを引っぱたいたようなものなんだ。僕はバンスの信頼を裏切ったんです」

「それにしても、彼もあなたに釈明する機会を与えるべきだったのよ。ああ、私があのときあれほどバンスに夢中になっていなかったら、事態がこれほど悪くなる前に何とかできたでしょうに。でもピーター、バンスは決してあなたを見捨てたわけではないわ。でなければ、会社に残しておくはずがありませんもの」

「今では彼もそのことを後悔していますよ。最近はマーティンの言うことにしか耳を傾けませんからね。やつは僕がバンスに……」ピーターは途中で黙った。「少ししゃべりすぎたようだ。さて、そのガソリンスタンドはどこですか？」

車の修理はまだ終わっておらず、あと一時間ほど待たなければならなかった。

「あなたをここに一人残してゆくわけにはいきませんよ」ピーターは首を振りながら言い張った。「あなたは空腹だと言われたし、僕だってどこかで食事をしなければならないんだ。車の修理を待つ間、一緒に食事をしましょう」

「これ以上、あなたにご迷惑はかけられないわ」

「もしこんなところにあなたを置き去りにしたと知れたら、それこそバンスの怒りが爆発するでしょう。もし立場が逆なら、僕だってバンスに、同じようにナンシーの面倒を見てもらいたいと思いますよ」

二人は近くにあったヒルトン・ホテルで夕食をとることにした。

食事の間、ピーターがバンスとの大学時代の思い出を語るのをリビーは熱心に聞いた。話を聞くにつれて、バンスがピーターとのつき合いを断ったことでどれほど多くのものを失ったかを理解した。しかも原因は彼女に関することなのだ。リビーはあの夜のことを思い出そうと努めた。もしピーターが悪意を持って言い寄ろうとしたのだったら、私も何か感じたはずだ。しかしそんなことはなかった。

デザートを食べている間、リビーはいつの間にかピーターの話から注意がそれ、先ほどのバンスの容赦ない態度を思い出していた。ふと我に返ったとき、ピーターの言った言葉が彼女の注意を引いた。「あなたとナンシーはお子さんを亡くしたんですか？　何てお気の毒な」

「でも、あなたとバンスの今の苦しみに比べたら、大したことじゃありません。うまく隠しているけど、目が見えないなんて、彼にとっては地獄のような苦しみでしょう」

リビーは涙がこみ上げてくるのを感じ、必死で泣くまいとした。

「すみません。こんな話をするべきじゃなかった」ピーターが申し訳なさそうに言った。

リビーは首を振った。「お話しできてよかったと思いますわ。おかげで、あなたが会社内で潜行している陰謀にかかわっていないと確信できました。でも、何かを知ってらっしゃるようなご様子でしたわね」

ピーターは唇を引き結んだ。「そうです――でも、このことは自分で確証を得てからバンスに話すつもりです。そんな機会が得られるかどうかわからないけど。さあ、行きましょうか」

二人はすぐにガソリンスタンドに着いた。

「どうもありがとう、ピーター。お会いできて、本当によかったわ」

「こちらこそ、話を聞いてくださってありがとう。世の中には、人の話を黙って聞いてくれる人はなかなかいないんですよ」

「よかったらいつでもお話しにいらして」リビーはトラックから降り、彼に向かってほほ笑んだ。「私、バンスを説得してみるつもりですわ」

ピーターはうなずいて手を振ると、去っていった。リビーは急いで修理代を払い、農園に向かった。まもなく暗くなるだろう。

車が農園に近づくと、オレンジの花の香りが鼻孔をくすぐった。どうしてバンスは農園を売るなんてことを考えられるのだろう。私にはとても耐えられそうにない。ここは私たちの家なのに。そして昨日分かち合った美しい時間のあとでは、離婚すると考えるだけで胸が張り裂けそうな気がする。もし昨夜のことがなくても、バンスは今日離婚の話を切り出しただろうか。二人で陰謀に立ち向かうという作戦はどうなったのだろう。もう、何もかもわけがわからない……。

「いったいどこへ行っていたんだ？」

リビーが玄関の前に立ったとたん、バンスがいきなりドアを開けた。彼女は驚きとショックであとずさりした。私が帰るのを待っていたのだ。マーティンが知らせたに違いない。バンスの顔に浮かんだ奇妙な表情に、リビーは不安を感じた。

「ナイロビのガソリンスタンドで、ジープの修理が終わるのを待っていたの」そばを通り抜けようとしたとき、バンスはいきなり手首をつかんだ。気がついたときには、リビーはドアに押しつけられ、両腕の自由を奪われて、身動きがとれなくなっていた。

「その間ずっと一人だったのか？」バンスの顔が間近に迫ると、アフターシェーブローションの香りがした。

「マーティン・ディーンは時間を無駄にしなかったようね。ピーターの言ったとおりだわ」リビーは、ピーターの名前を出せば夫の怒りをあおることになると思ったが、この期に及んではもう構わないという気になっていた。

バンスの表情は怒りにあふれていた。これ以上事態が悪くなるはずはない。

「ピーターに不利な証拠が、時間を追うごとに発見されているんだ。この家に火がつけられたとき、彼にはアリバイがないという事実を知っているか？　現在の状況で、彼と一緒にいることがどれほど危険かわからないのか？　結婚披露パーティーのとき、僕はピーターを信頼してないと言ったはずだ。マーティンは心配して知らせに来てくれたんだ。君は自分の身の安全に関しては、実に大胆な考えを持っているようだね」

「ピーターと一緒にいたことを言ってるのなら、どうしてそうなったのか教えてあげるわ。会社のエレベーターの前でピーターに出会ったとき、私の方から車に乗せてくれって頼んだのよ。彼は、あなたがよく思わないだろうし、みんなが噂《うわさ》をするだろうと忠告してくれたわ。それでも無理に頼んで送ってもらったのよ」

バンスは険悪な表情をした。「そうするように仕向けられたことが君にはわからないのか？　僕がよく思わないのを承知で、あの男はあえて危険を冒したんだ。良心のかけらもないやつなんだ。やっぱりどうしても君をナイロビから出さなければ。ジープの故障で助けがいるのだったら、どうして僕に言わなかったんだ？」

「オフィスを出てゆくとき、私の頭にはジープのことなどまるで思い浮かばなかったわ」リビーは静かな口調で言った。「ピーターは、私の気分が悪いんじゃないかと心配してくれたの。彼は親切な人よ。隠された動機なんてないと思うわ」

「ピーターのために弁明してるのか、リビー？」

「三年前、イギリスのあなたの家で起こったことについて彼は説明してくれたわ。あなたも知っておいた方がいいと思うの」

「あの晩僕は、やつのしたことをこの目で見たんだ」バンスの目がぎらぎらと光った。

「あれほど人を見損なったと思ったことはない」

「ええ、あなたはすべて見ていたんでしょうよ。でも、ピーターがどうしてあんな振る舞いをしたかは知らないでしょう？」

「いったい何のことを言ってるんだ？」

「彼は冗談のつもりでしたのよ、バンス。ナンシーも承知の上で。二人はあなたと私が愛し合っているかどうか確かめようとしたの。ピーターは、あなたのことを誰よりもよく知っているつもりだったから、本当に恋をしているとは信じられなかったんですって。だから私に言い寄って、あなたの反応を見ようとしたのよ」

バンスは目を閉じていたが、リビーは、彼が耳を傾けようとしているとわかった。

「ところが、悪ふざけがとんでもない問題を引き起こしたのね。好奇心は満たされたけど、その代わり彼はあなたの信頼を失ったのよ。弁解をするために、ナンシーは私を買い物に誘ったそうよ。彼女はピーターの行動について説明しようとしたんだけど、私はそんなことがあったなんて全然知らなかったものだから、何も言えなかったってわけ」

「ピーターはすっかり君を丸め込んだらしいな」

「あなたはただ誤解しているだけよ。あの夜のことを聞き出したのは、私の方なの。そうじゃなければピーターは決して話さなかったでしょうね。どうして釈明の機会を与えなかったの？　あなたがかたくなだったせいで、あなた自身も彼も傷ついたのよ。無邪気な冗談が裏目に出て、ピーターは結婚も仕事も台無しにしてしまったわ」

バンスは動かなかった。「君は優秀な弁護士になれるよ。おみごとだ。彼もすばらしい支持者を見つけたものだ。よりによって僕の大事な奥さんとはね」

「彼には、誰か話を聞いてくれる人が必要だったのよ」

「マーティンの妻が、ピーター・フロムズがいかに高潔な男か教えてくれるだろう」

「ピーターはまだナンシーを愛しているわ。あの人は苦しんでいるのよ、バンス。結婚生活の思い出と、亡くなった赤ちゃんのことをつらそうに話していたわ」

「赤ちゃん？」バンスが口をはさんだ。「何のことだ？」

「ナンシーは六カ月で流産したそうよ。ピーターの話では、二人ともしばらくは、すっかり気力を失ってしまったんですって」

辺りは沈黙に包まれた。

「それはいつ起こったことになってるんだ？」

「正確なことは知らないけど、確か二年前と言ってたと思うわ。正直に言って私、ピーターがまだあなたのところで働いてくれていることが信じられないくらい。彼は今度の落盤事故のことで何かを調査しているらしいわ」

バンスは彼女の方に顔を近づけた。「あの男はすっかり君を味方にしてしまったようだな。君から何か探ろうとしているんだ。もし鉱山からの帰りにここに立ち寄ったとしても、驚かないよ。君が無事帰り着いたか心配だからとか言ってね。僕に取り入るためなら、どんな言い訳でも使うだろう」

「あなたには論理的思考ってものができないの？　ピーターの言い分を聞いてあげることが、どうしてそれほどいけないの？　よく考えて、バンス。彼はあなたの親友だったのよ」

「だった、というのは含蓄のある言葉だ」

リビーが彼の頑固さにあきれ、言い返そうとしたとき、玄関にノックの音が聞こえた。バンスが鋭い笑い声をあげた。

「言ったとおりじゃないか。僕の親友は仕事が終わるまで待てなかったようだな」バンスは怒りに任せてドアを勢いよく開けた。「何の用だ、フロムズ？」

ところが、玄関の前に立っていたのは管理人のジェームズだった。「ジェームズです、旦那《だんな》様。お邪魔して申し訳ございませんが、ダイアブロウの脚が腫《は》れてるんです。熱もありますんで、お知らせしておいた方がいいかと思いまして」

バンスはうまく取り繕ったが、頬に血がのぼっているのがリビーにもわかった。「すぐに厩《うまや》に行く」

ジェームズはリビーにお辞儀をして歩み去った。

「まだ宵の口だ。あとでたっぷりさっきの話の続きができるだろう」バンスはとげとげしく言った。

彼が荒々しく家を出ていくと、リビーはバンスが戻ってこないうちにナイロビへ行こうと決心した。この分では、自分の手で私を飛行機に乗せてシートベルトを締めるまで、バンスは満足しないだろう。

リビーは寝室に行き、一週間分の衣類をスーツケースに詰めた。そしてジープをスタートさせ、再びナイロビに向かった。

9

「ジャンボ」リビーは銀行の窓口で、覚えた数少ないスワヒリ語を試してみた。

「ジャンボ」窓口の女性は、温かい微笑を浮かべて挨拶《あいさつ》を返した。

リビーはすぐ英語に切り替え、前の晩父親に電信で送ってくれるよう頼んでおいたお金を受け取った。

ホテルへ帰る道すがら、バザーを冷やかしているうちに木彫りの像に興味を引かれ、結局バンツー族の戦士の像を一つ買ってしまった。戦士のきっぱりした顎の線と落ち着いた目が、バンスを思い出させたのだ。

バッグの中には朝方もらってきた大学の案内が入っている。ホテルの部屋に帰ったら、外国人向きに開かれている講座の時間割りを調べてみるつもりだった。

私がアフリカの言語のクラスをいくつか受講しても、バンスも反対はしないだろう。リビーはインターナショナル・スクールを卒業するとき、言語学の学位を取っていた。バンスの気が変わるのを待つ間、ちょうどいい時間つぶしになる。

同時に彼女は評判のいい不動産屋に当たって、市内の環境のいいところにフラットを探してもらうよう頼んでおいた。ホテルに住み続けるとお金がかかるし、いつまでたっても土地になじめない。フラットに住めば、この土地に腰を落ち着けたという感じがするに違いない。バンスも私が本気で結婚を解消するつもりはないとわかってくれるだろう。

ニュー・スタンレー・ホテルに戻ったのは六時ごろだった。リビーはフロントで、伝言がないか尋ねた。バンスのフラットの守衛に、チャールズに電話をかけてほしいと伝えてもらったのだ。バンスが間違いなく病院に行くよう、誰かが注意してやらなくては。あのひどい頭痛を治すためには、絶対に診察してもらわなければならない。

「ようやくお帰りだな。もう何時間も前にジェームズに連れてきてもらったんだ！」

リビーが部屋に入ると、バンスが待っていた。彼女はそれほど驚きはしなかったが、最悪の事態に備えて気持を引きしめた。

「昨日の晩、出てゆくと断るくらいのことはしてくれてもよかったんじゃないか？」

抑えてはいるが、バンスが烈火のごとく怒り狂っていることはリビーにもよくわかった。

「私、あなたのオフィスで、しばらくホテルに泊まると言ったでしょう。正直なところ、すぐに出ていかなければ、今朝きっとチャールズの目の前で大騒ぎを演じることになると思ったの」

バンスは筋肉一つ動かさなかった。「一日中どこに行ってたんだ？　ホテルのマネージャーは、君は八時前に出ていったと言ったぞ」

彼女の心臓が高鳴った。バンスは心配してくれたのだろうか。「ナイロビの市内観光をすることにしたの」

「君一人でか?」

「ツアーのグループと一緒に。私、ケニアに来て以来、ずっとしたいと思っていたのよ」

バンスのこめかみの血管が脈打っているのが見える。「今朝の飛行機は逃してしまったが、明日の便を予約した」彼はポケットから航空券を取り出した。「これに乗ってもらいたい。チャールズが荷物を持って一緒に空港まで行ってくれる。ついでに離婚のことを話し合ってもらいたい」

「明日には私、ホテルを引き払うつもりよ。だからここにはいないわ」リビーは航空券を受け取り、彼の上着のポケットにしまった。「持ってらして。私には用がないから」

バンスは今にも爆発しそうな爆弾のようだった。「もし君がどうしてもイギリスに帰らないと言い張るなら、もう面倒は見ないぞ」

「私は大人の女よ、バンス。しかも既婚のね」

「ナイロビは美しい女性が一人でうろつける場所じゃないんだ。君はこの町のことは何も知らない。すぐに餌食《えじき》になるのが落ちだ」

「どうなろうと私の問題よ」

「ここはロンドンじゃないんだぞ、リビー」

「大学の登録係の話だと、大勢の独身者が講座を受講していて、キャンパスの近くのフラットに住んでいるそうよ」

バンスは信じられないという顔つきになった。「まさか君は……」

そのとき突然ドアをたたく音がし、バンスは言葉を切った。リビーは邪魔が入ったことに感謝してドアへと急いだ。

「チャールズ！　どうぞ入って」彼女は喜びの声をあげながら、チャールズの頬にキスをした。

「よかった、君たち二人ともここにいて」チャールズはリビーに向かって心得顔で合図をし、バンスの肩を軽くたたいた。リビーは彼の荷物を受け取って、ベッドの上に置いた。

「ニュースがあるんだ。でも、もし君たちの邪魔をしたのなら、出直してもいいんだが」

「いいえ、どうぞおかけになって。連絡してくださるのを待っていたんですもの。ルームサービスを呼びましょう。話をしながら食事ができるわ。今のうちに、よかったらバスルームを使ってくださいな」

「ありがとう」チャールズはバスルームに向かい、リビーは電話をかけた。

目の端でリビーはバンスの様子を見守っていた。彼は手探りで椅子を見つけ、スーツの上着を脱いで椅子の背にかけている。ルームサービスの注文を終え、彼女は受話器を置いた。

「僕たちの話はまだ終わってないんだ、リビー。チャールズの用がすんだら、僕も一緒に出ていくなどとは期待しないでくれ」バンスは脅すように言った。

「どうして私がそんなことを期待すると考えるの？　あなたにいてもらいたいと思っているのに」リビーは感情をこめて言った。椅子をつかんでいるバンスの手の関節が白くなった。

「君は昨日、僕のオフィスにスーツケースを置いていったね。それは今日持ってきて、クロゼットの中に入れておいた。ナイロビを出ることを拒否しておきながら、どうして荷造りなどしたんだ？」

「オフィスに行ったとき、私、あなたと食事に行き、ダンスをしておしゃべりをしてから……夜はホテルに泊まりたいと思っていたの」彼女の声は次第に小さくなった。

バンスが口を開く前に、チャールズが部屋に戻ってきた。彼はシャツの袖《そで》をまくり上げ、いつでも仕事に取りかかれる準備をしていた。バンスの表情から、リビーは先ほどの自分の説明が思いがけないショックを与えたことがわかった。昨日のオフィスでの彼の言動が、どれほど私を打ちのめしたか、バンスにはとうていわからないだろう。

チャールズの言葉が彼女を現実に引き戻した。「君はエリザベスに、私たちが調べ上げたことを話したのか？」

部屋の中に一瞬沈黙が漂った。「いや、まだだ」バンスが答えた。

チャールズは問いかけるようにリビーを見ながら、太い眉を上げた。

「マクファーソンのテープを聞けたのか？」バンスが尋ねた。

「聞いただけじゃない。私はそのテープをつい今しがた、査問委員会に提出してきたところだ。それでここに来るのが遅くなったんだが」チャールズは説明しながらリビーの向かい側に座った。グレーの目は興奮で輝いている。「何もかも、私が思っていたよりも早く解決しそうだ。君の功績は大きいんだよ、エリザベス。バンスの問題はほとんど片がつきそうだ」

リビーは驚愕《きょうがく》の表情を浮かべて身を乗り出した。「私がいったい何をしたの？」

「君から話したまえ、バンス。彼女が教えてくれた情報を君が確かめていなかったら、今我々が得た情報を手に入れるまで、何週間もかかっただろう」

バンスの表情は、リビーに何も説明したくないという気持を表していた。

しかしようやく彼は口を開いた。「昨夜《ゆうべ》、君がピーターについて話したとき、彼らは赤ん坊を失ったと言ったね。それが二年前だと聞いたとき、記憶の中に引っかかるものがあったんだ。そこで僕はナンシーが家を出た理由を聞き出した。ピーターとナンシーは、マーティン・ディーンがピーターを脅迫しようとしたことで、喧嘩《けんか》したんだ。それに赤ん坊のことが重なって、ナンシーはナイロビを去る決心をした」

「脅迫ですって？」リビーは驚いて目を見張った。「マーティンがピーターを脅迫していたの？」

バンスはその事実を認めたくないという態度を見せた。

「僕の会社の規則はとても厳しいんだ。仕事中にアルコールを飲むことはいっさい禁じられている。例外は認められない。二年前のある晩、ピーターは酒を少し飲んだのさ。ナンシーが流産したことがわかった直後だ。彼はもちろん仕事中ではなかったが、運悪くそのとき鉱山で非常事態が起こったんだ。ピーターは技師長として事態を収拾するよう、その場に呼ばれた。そのころ僕はロンドンにいた」

バンスは休みなく言葉を続けた。

「ピーターは心の痛手にもかかわらず、現場に行って、ことに当たったらしい。彼は、真夜中にオフィスに戻ってマーティン・ディーンに出くわした。マーティンは、自分にはかかわりのない設計計画書を調べていたんだ。ナイバシャ鉱山の設計計画書には、ピーターと僕しか近寄れないのに。そこでピーターは彼に詰め寄った。ところがそのとき逆に、マーティンがピーターの飲酒について脅したのさ。もし僕に知れれば、ピーターは首を切られるだろうと思っていたんだ。少なくとも、そう信じていた」

リビーにもやっと事情がわかった。

「結局ピーターは、マーティンのしたことを僕には報告しなかったが、ナンシーにはすべて話をした。すると彼女はピーターに、本当のことを僕に話すよう懇願したんだ」

「それで、ピーターはそうしたの？」

「いや。彼はとにかく僕を恐れていたからね」その理由はバンスもリビーもよく知っていた。「ピーターが内緒にしていたことはもう一つある。彼はマーティンから野鴨《のがも》撃ちに誘い出されたことがあったんだ。つまり、僕の農園に火がつけられた夜だ」

「ピーターはどんなに苦しんだことでしょう」

「そうだな」バンスは顔をしかめた。「そのあと、マーティンがピーターの飲酒癖について、あちこちで触れ回ったために、たちまち噂《うわさ》が広まった」

「昨夜一緒に食事をしたとき、ピーターはビールもワインも注文しなかったわ」

バンスは苦悶《くもん》の表情を浮かべて、テーブルから離れた。「よく事情を知っていたナンシーは、とにかく僕に話すようにと主張した。しかしピーターは断った。マーティンを監視しているうちに、尻尾《しっぽ》を捕まえられると思ったらしいんだ。一方マーティンは、自分の妻にピーターが手を出そうとしたと言った。僕は愚かにもその言葉を信じてしまったんだ」

「あなたは、ピーターが私に言い寄ろうとしたと思い込んでいたんですものね」リビーはゆっくりと言った。「何て皮肉な」

「人事異動の時期が来たとき、僕はマーティンを技師長に昇格させ、ピーターを格下げした。そういう待遇に対して何の行動も起こそうとしない夫にナンシーは怒り、別れると言って脅した。しかし彼は最後には真実が勝つと信じて、がんばったんだ」

「そして彼の思ったとおりになったんだわ！」リビーは喜びの声をあげた。

バンスは彼女の方に顔を向けた。「しかしそれだけではすまなかった」

「おそらくピーターはあまりにもいろんなことがあったせいで気力をなくして、ナンシーも自分と別れた方が幸せになれると考えたんでしょう」

「ナンシーも同じことを言っていたよ。君は実に勘が鋭いね、リビー」

彼女は寂しげに笑った。「勘が鋭いんじゃないわ。今までの人生で私が経験したことから、道があまりにも険しいとき、人間てすぐあきらめてしまうものだとわかったのよ」リビーはチャールズを見つめながら言った。彼は先ほどから黙って二人の話を聞いている。

ドアに大きなノックの音がし、リビーが立ち上がる前にバンスが応《こた》えた。ウエイターが食事を運んできたので、バンスがチップを与えた。まるで目が見えるような自然な動作だ。

「おいしそうだ」チャールズがみんなのグラスにワインをつぎながらつぶやいた。リビーは、バンスの前に彼の分を並べた。「実にすばらしいことに、ナンシーが、バンスとの会話をテープに録音してもいいと言ってくれたんだ、リビー。彼女は公聴会で証言するために、ナイロビに飛んでくる」

「すばらしいわ。ピーターは知っているの？」

「知っているよ。ピーターと僕は一晩中語り明かし、仲直りをした」バンスが言った。

「君に感謝しなければ、リビー。マーティンは数年前から僕に憎しみを募らせていたらしい。君がピーターを弁護したとき、ようやく違った観点から事態を見ることができた。そして初めて、マーティンの狂った嫉妬《しっと》に気づいたんだ」

リビーの目に涙が浮かんだ。「私、とてもうれしいわ。ピーターは本当にあなたのことを気遣ってくれているの。すばらしい人よ」

バンスは咳《せき》払いをした。「僕もそう思う。君が彼の弁護をしてくれてよかったよ」彼がこれほど熱心に感謝の気持を表すのは久しぶりだ――ただし目が見えなくなって以来、ということだけれど。

「それでピーターに対する疑いは晴れたわけだ。さらに、私が今までに集めた情報を総合すると、一人の男が容疑者として浮かび上がってきた」チャールズがつけ加えた。

「マーティンね」

バンスがうなずいた。「主犯はね。彼以外に、ラルフとフォガーティ、そのほか数人だ。彼らはみんな、僕がまだ病院にいる間に証言したんだが、それは全部でたらめだった」

リビーはバンスの手を自分の手で包んだ。一瞬、二人の間の敵対関係を忘れていた。「今あなたほど幸せな人はいないでしょうね、バンス」彼女の頰を涙が流れ落ちた。「あの農園を、本気でマーティンに売るつもりはなかったんでしょう?」

しばらく間を置いたあと、バンスはワインを飲むふりをして手を引いた。「いや。目が見えなくなった今、農園を持っている意味がなくなった。僕はもう前のように農園の仕事をして楽しむことができないんだ。マーティンも、まだ農園の売買について最初に交渉する権利は自分にあると思っているし、僕もその件については何も言っていない。彼にはまだ何も気づかれたくないからね。彼と仲間の連中が尋問にかけられ、告訴されたら、農園は改めて売りに出すつもりだ。この事件の片がすっかりつくまでもうしばらく、マーティンを泳がせておくのさ」バンスの言葉には異論をはさむ余地がなかった。リビーの胸を、再び寂しさがよぎった。

「マーティンが犯人だという確証はあるの？」リビーは心の痛みを隠しながら尋ねた。

「ちゃんとつかんでいるよ」チャールズが同情のこもった目をリビーに向けながら、話に入ってきた。「ピーターが仕事中に酒を飲んだ夜、マクファーソンが当直の現場監督だった。彼が、マーティンとラルフが許可なしに事務所に入るところを見かけている。しかもそのときだけでなく、何度もだ。マーティンは、その事実をもししゃべったら、家族に危害を及ぼすとマクファーソンを脅していた。マクファーソンは、落盤事故の直前にマーティンが抗内に入るのも見たんだが、報復が怖くて黙っていたのさ。ピーターはナイバシャ鉱山に行ってマクファーソンに会い、事実を証言するようにと説得したんだ。その話し合いはテープに録音されている。もうマーティンは捕まったも同然だよ」微笑がチャールズの顔に広がった。

「もっと前にわかってもよかったのに」バンスがうめくように言った。「僕は何という大ばか者だったんだろう！」

リビーとチャールズの目が合った。チャールズも、以前ロンドンでピーターがリビーを誘惑しようとしたことが、会社のトラブルを悪化させる原因になったことを理解している。

「でもね」リビーが急いで言った。「もし私たちの立場が逆で、ナンシーがあなたを誘惑しようとしているのを見たとしたら、私、きっと彼女のマーティニに毒を入れたと思うわ」

チャールズがくっくと笑い声をたて、その場の空気を和らげた。

「実を言うと」リビーは話を続けた。「私、初めて会ったとき、マーティンは奇妙な振舞いをすると思ったの。私とバンスを見つめてばかりいるんですもの。きっと私たちの結婚を秘密にしておいたから、気を悪くしたんだろうと思っていたんだけど、今になってみれば、あなたに嫉妬していたのね、バンス。業績だけでなく、あなたがほかの人たちから受ける尊敬や愛情に、彼は太刀打ちできなかったのよ。会社の人たちや友人――そして妻が――あなたの目が見えなくなっても、あなたに対する気持を変えないことにショックを受けたんだと思うわ」

「まさにそのとおりだよ」チャールズはテーブルの向こう側から手を伸ばして、リビーの手をしっかりと握った。

「僕が信頼していた部下たちは、嫉妬のせいで殺人を犯してしまったんだ。彼らは高い代償を払うことになるだろう」

「そうだな」チャールズが立ち上がりながら言った。「万一に備えて、公聴会まで関係者を全員監視するよう委員会に取り計らってもらった。もしやつらが下手に動けば、完全におしまいだ」

チャールズは上着とブリーフケースを取り上げた。

「申し訳ないが、私はフラットに帰ってマリオンに電話をしたいんだ。今夜は君の容疑が晴れたといういいニュースを伝えられる。それから、もうすぐ帰れるということもね。終わりよければすべてよし、だ」そう言うと、またバンスの肩をたたいた。「これまで大変な思いをしたけど、もう大丈夫だよ」

「お見送りさせてくださいな」リビーが立ち上がって、戸口のところまでチャールズと歩いた。バンスは座ったまま、リビーに対する攻撃を再開しようと待っている。

「明日の朝、迎えに来るよ」チャールズがささやいた。「七時までに用意しておいてくれ」彼はリビーの頰にキスをすると、歩き去った。チャールズはバンスの命令に従うつもりなのだ。

リビーはドアを閉めた。チャールズだって、もし私がホテルにいなかったらどうすることもできない――そして彼がバンスに責められることもない。リビーは振り返り、鋭い目で夫を見つめた。何か新しい策略を考えなければ。

「事件が解決した今ではもう、君は僕のそばにいる必要はないんだ。君と離婚する、リビー。逆らったらきっと後悔するだろう」

リビーは呼吸を整えた。「私はもう逆らったりしないわ。離婚に応じます」

バンスは身動き一つしなかったが、顔からは血の気が引いていた。「本当か?」その声はしわがれていた。

「ただ婚約指輪を返せとは言わないで。私のただ一つの思い出の品だから。あなたが結婚を申し込んでくれた夜の、あの喜びは生涯に一度しか味わえないわ」

リビーは結婚指輪の方を抜いてバンスに歩み寄り、彼の手のひらをテーブルに上向きに置いて指輪をのせた。バンスの顔には何の感情も表れていない。

バンスが引きつったような動作で手を握り、シャツのポケットに指輪を落としたとき、わずかに残っていたリビーの希望は消えた。もしかしたら彼の気が変わるかもしれないと思っていたのだ。ところがバンスは、一人で自分の道を進もうと決心している。

「君はこれからどうするつもりだ、リビー?」長い、苦痛に満ちた沈黙を破って、バンスが口を開いた。

リビーは顎を上げ、彼の上着のポケットから航空券を再び取った。「もうあなたには関係のないことよ。航空券を用意してくれたんだから、あとはチャールズに任せればいいんじゃなくて?」バンスの手がテーブルの端を握りしめるのをリビーは見つめた。「もし子供ができていたとしたら、あなたは報告してもらいたい? それともしてもらいたくない?」

「リビー!」

思っていたほどバンスが自分を抑制できるわけではないことがわかって、リビーは満足した。

「あなたも言ったとおり、これは単に可能性の問題よ。私はただ、予測し得る事態にできるだけ備えておきたいの。だって、私たちが顔を合わせるのはこれが最後でしょうから」

バンスはゆっくりと立ち上がり、ベストと上着を取った。いっぺんに三十歳ほど年を取ったように見える。「もし子供ができていたら、チャールズに連絡してくれ。信託預金を準備する」

勇気をふるってリビーは続けた。「もし私が再婚しても、子供にはあなたの名前を残しておきたい? 妻の連れ子を引き取りたいという男性はたくさんいるわ」

バンスは口をぎゅっと結んだ。「いったいどうして、まだ存在してもいない子供のことがそれほど気にかかるんだ?」

リビーはほほ笑んだ。「質問に答えてちょうだい。私は法律的な問題を今全部きちんとしておきたいの。将来、ナイロビまで来なくてもすむようにね」

彼の青白い顔が怒りでゆがんだ。「法律上の問題はすべてチャールズに任せるよ」バンスはドアに向かって手探りを始めた。

「じゃあ、もう何も言うことはないわ。さようなら、バンス」

彼の手がドアのノブにかかった。「リビー……」言葉がうまく出ないようだ。「別れる前に、何か必要なものはないか?」

何か必要なものですって? リビーは信じられないという面持ちで彼の顔を見た。「自由だけで充分よ」

バンスの胸が大きく上下した。「君は両親とロンドンに住むのか?」

「たぶん住まないと思うわ。でも私が将来どうしようと、あなたには関係ないことよ。もし私にとどまってほしいと思わないのなら、ここでお別れすべきだと思うわ」

バンスはいきなりドアを開け、不安定な歩き方でエレベーターまで壁を手探りしながら歩いた。その姿が見えなくなるまで戸口で見送ってから、リビーはフロントに電話をして、ミスター・アンソンをタクシー乗り場まで送るようにと頼んだ。彼はなぜ青ざめたのだろう? 私と別れるから? それとも頭痛のせい? リビーにはわからなかった。しかしバンスはひどく具合が悪そうに見えたので、彼女の不安は高まった。

今まで私は故意にバンスをだましたことはなかった。明朝ここを発《た》つという私の言葉を彼は信じたようだ。しかしとてもそんなことはできない。バンスは私の命だ。彼のいない将来など、考えることもできない。

新たな決意を固め、リビーはスーツケースを取り出した。すぐに荷造りは終わった。部屋の中を見回すと、バザーで買った木彫りの像が目に入ったので、急いでセーターにくるんで衣類の間に押し込んだ。スーツケースに鍵《かぎ》をかけてからロビーに下り、チェックアウトをし、支払いをすませた。その間に航空券は細かく破って、手近の屑籠《くずかご》に捨ててしまった。

それから三十分もたたないうちに、リビーはヒルトン・ホテルにチェックインした。ピーターと食事をしたホテルだ。たった一つ空いていた部屋は皮肉にも新婚向きのスイートルームだったが、そこに入った。今のところ、彼女の居所を知っている者は誰もいないはずだ。

ルームサービスでオレンジジュースを持ってきてもらい、部屋から続いている中庭に出てみた。涼しい夜だった。ラウンジチェアーに腰を下ろし、町を見下ろした。これほど孤独を感じたことはない。

翌朝、部屋で朝食をとりながらリビーはチャールズに事情を話そうとフラットに電話をしたが、誰も出なかった。三十分後にもう一度かけ直したが、やはり誰も出ない。今ごろはもうチャールズも、私が姿を隠したことがわかっただろう。

それから二時間、リビーはチャールズに連絡を取ろうと無駄な努力を続けた。彼はきっとバンスのオフィスに行って、私が消えたと報告しているに違いない。目下のところ、オフィスに電話をするわけにはいかなかった。

正午に彼女はヒルトンからニュー・スタンレー・ホテルまでタクシーを飛ばした。チャールズからの伝言があるかもしれないと思ったのだ。

「チャールズ？」後ろ姿でもグレーの髪で見分けることができた。リビーはチャールズの方に急いだ。彼は明らかに慌てた様子で、フロントの係と話をしていた。

が、リビーの声を聞いたとたん、彼の顔が明るくなった。「エリザベス！」チャールズはブリーフケースを下に置いて、彼女を強く抱きしめた。「どこに行ってたんだ？　捜し回ったんだよ。空港、鉄道の駅、レンタカー。昨夜君がチェックアウトしたことがわかってから、いったい何が起こったのかと心配で、生涯最悪の六時間を過ごしたよ」

リビーは心から申し訳ないと思った。「ごめんなさい。でも、私、ロンドンに戻るつもりも、離婚について話し合いをするつもりもないの。バンスを愛しているんですもの」涙があふれ出した。「で、でも、バンスが命令に従わなかったといって、あなたを責めるといけないから、私が姿を消すのが一番いいと思って……」

リビーはチャールズの肩に顔をうずめ、すすり泣き始めた。ホテルの客たちの好奇の目も意識する余裕はなかった。「つらかっただろうね」チャールズはそう言って白いハンカチを手渡した。「これを使いなさい」

「バンスが私を愛しているのはわかっているの」彼女は涙をふきながら言った。「私、彼の頭痛が心配で、夜も眠れないくらいよ。お医者様に行かなければならないのに、バンスったらあんなに頑固で」

チャールズは彼女の頭を軽くたたいた。「こっちに来て座りなさい」彼はリビーを案内して壁ぎわの長椅子に連れていった。「話があるんだ、リビー。秘密にしておかなければならないことだが、君には知る権利があるだろう」

「バンスに何か起こったのね！」恐怖に胸を締めつけられ、リビーは大声をあげた。

「昨夜、病院に行ったんだ」

「きっとそんなことになるだろうと思っていたわ」立ち上がろうとした彼女の手を、チャールズがしっかりと押さえた。

「私の言うことを最後まで聞くんだ」彼は優しくしかった。「先日フラットで例の頭痛が起こったとき、あまりの痛みに彼はしばらく気を失った。私が救急車を呼ぼうと言うと、彼は、もう医者に診てもらって、頭痛の原因もわかっていると言ったんだ。新たにX線写真を撮った結果、頭に入っていた鉱物のかけらが移動したとわかったらしい。そのせいでひどい頭痛が起こっているんだが、医者によると今度の位置なら手術で除去が可能だそうだ。今バンスは手術を受けている」

「信じられないわ」

「本当だよ」彼はほほ笑んで、リビーの手を放した。「バンスは君にこのことを知られたくないと言ったんだ。昨夜私がホテルを出たあと、君たち二人の間に何があったか知らないが、バンスは手術を受ける決心をした。医者はもっと早く手術をしたかったようだがね」

リビーは目をつぶって、そのことがどういう意味を持つのか考えようとした。

「バンスは今朝、君がイギリスに戻る飛行機に乗ったものと信じて手術台に横たわった。もし君がまだここにいることが彼に知れたら——自分が手術を受けたことを君が知っているとわかったら、回復に差し障りがあるかもしれない。私の言ってる意味がわかるね?」

「じゃあバンスは、あなたは今朝、空港で私を見送ったと思っているの?」リビーは驚いて尋ねた。

「私は、君が今言ったとおりの嘘《うそ》をついた。バンスは君が離婚に承諾し、永久に自分の人生から姿を消したと信じている。今朝君が部屋にいなかったとき、わざと姿を消したと私にはすぐわかったんだ。それでバンスのことを伝えたくて、君を捜し回っていたんだよ」

リビーはすがるような目をした。「私、どうすればいいのかしら。とても彼を置いていけないわ」

「君にそんなことができるとは思ってないよ。しかし今のところ、君がまだイギリスに帰っていないことをバンスに知られてはまずい。とにかく彼のそばにいて、がんばるんだ。

君は確実に勝利をおさめつつある」

リビーは悲しみに打ちひしがれた顔を上げた。「バンスは私が離婚に承諾したと信じているのよ。なのに、どうしてそんなことが言えるの?」

「私はずっと前から彼を知っている。実は事故のあと、君とケニアで会うとは思っていなかった。彼が出した手紙の厳しい内容を聞いたからね」

「たとえ読んでいても、私は無視してここに来たはずよ」

「そうだと思うよ」チャールズはくすりと笑った。「だがバンスは、これまで見たこともないほど決意を固めていた、君と離婚すると。ところが驚いたことに……」彼は言葉を切り、リビーにほほ笑みかけた。「来てみると、君は農園に落ち着いている。バンスは君を頼りにして、すっかり夫らしく振る舞っていた」

「バンスはあなたの指示に従って、私を残したのよ。夫婦で協力し合っているという幻想をみんなに信じさせるため」

チャールズが力強い手でリビーの肩をつかみ、自分の方に向かせた。「君は思い違いをしている。私はそんなことはバンスに言っていない。実を言うと、私も君にはここにいてもらいたくなかった。バンスと同じくらい、君の身の安全が心配だったからね。しかしバンスは君を自分のそばに置いておく方法を考えついた。妻を求めているという自分の気持を認めずにね」

リビーはしばらくチャールズを見つめながら、今聞いた事実について考えた。そのうち彼女の顔は喜びに輝いた。「教えてくださってありがとう、チャールズ。私、今の話を聞いてどんなにうれしいか」

彼は意味ありげな視線をリビーに走らせた。「もう一つ、君が知っておかなければならないことがあるんだが、それはスティルマン先生が話してくれるだろう。今すぐ病院に行ってみたらどうだい。私も一時間ほどしたら行くから」

タクシーで病院に向かう間、動悸《どうき》が異常なほど激しくなっていた。もしかしたらバンスの命が危険にさらされているのだろうか。リビーは恐怖のあまり両手に顔をうずめた。

10

「ミセス・アンソン？」手術用のマスクをかけた大柄な男が、待合室を行ったり来たりしているリビーを見つけて近づいた。

「まあ、スティルマン先生」

「イギリスに戻られたものと思っていました」

「バンスはそう信じています。でも、彼がどんな具合かどうしても知りたかったので。チャールズが手術のことを教えてくれたんです。何か大事な話があるとも言われました。バンスは……どうなんです？　お願いですから教えてください」

「手術は大成功です」

「よかった」リビーはつぶやいた。「先生に診ていただくよう、先週何度も彼に言ったんですが、どうしても聞き入れてくれなくて、どんなに心配したことか。頭痛はひどくなる一方だったし」

「頭痛がひどくなって、かえってよかったんですよ。さもなければ、手遅れになっていたでしょう」

リビーはめまいを覚えた。「手遅れですって？　つまり、彼は死んでいたかもしれないのですか？」彼女は大声を出していた。

「まあ、お座りなさい」医師はリビーを近くの椅子に導いた。「ご主人は、あなたには何も知られたくなかったらしいな。先週の検査の結果を聞いておられないようですね」

リビーは首を振った。「彼がここに診察に来たことさえ、チャールズが……ミスター・ランキンが話してくれるまで知りませんでした」

「じゃあ、ミスター・ランキンから、彼が転倒して頭を打ったとき、鉱物の破片が移動したということはお聞きでしょう。それが原因で、あんなに激しい頭痛が起こったのです。それは同時に、あなたも気づかれたようですが、光に対して目を覆う動作をするようになった原因でもあるのです。前にも申したとおり、例の破片が元の位置にあったときは、手術は不可能でした。視神経が切断されていると思われたのです。ところが改めてX線写真を撮ってみたところ、切断されていたのではなく、ゆがんでいただけではないかという可能性が生まれたのです」

「つまり、彼の視神経は切れてなかったんですね！」リビーは思わず立ち上がっていた。

医師はほほ笑んだ。「そうです、ミセス・アンソン。しかし手術をするまで、私にも神経が損傷を受けてないと保証することはできませんでした。むしろ無傷だという確率は低かった。そのことを話すと、ご主人は、ほとんど見込みもない手術をするのは意味がないと考えたようでした、昨晩までは。昨夜《ゆうべ》とても遅い時間に、私はご主人から電話をもらいました。気が変わったので、できるだけ早く手術を受けたいというのです」

リビーは救いを求めるように胸の前で両手を組んだ。「手術をして何がわかったのか、お願いですから教えてください」

「私の望んでいたとおりでした。私の思惑がいつも当たるわけではないんですが、今回ばかりはうまくいきました。視神経はねじれていましたが、ありがたいことに一本も傷ついていなかったのです。本当に奇跡と言ってもいいくらいです」

「先生！」

「手を出してください、ミセス・アンソン」

リビーは言われたとおり、震える手を医師に差し出した。彼は手術着から何か取り出した。ごく小さな、ダイヤモンドの形をした鉱物のかけらだった。「あなた方にとって、生涯忘れられない思い出の品になるでしょう」

彼女は手の上のものをじっと見つめ、握りしめた。この小さなかけらがバンスの頭に入って、視力を奪ったのだ。今そのかけらは私の手のひらにある。信じられない思いだった。

「視力は元に戻るんですか？」

医師は深いため息をついた。「それはもう少し時間をかけなければ。神経がねじれた状態で、一カ月以上もたっています。ねじれは治りましたが、また機能し始めるまで時間がかかるでしょう。もしかしたら、すでに変化した状態以上にはよくならないかもしれません。つまり、あなたも見られたように、光には反応するが、ほかのものは見えない状態です」

「でももしうまくいったとして、どれくらいたてば見えるようになりますか?」

「それは難しい質問です。一週間か、あるいは十日ほどかかるかもしれません。それより早く戻ることはないでしょう。とにかく待つしかありません。でも、忘れないでください、私には完治すると保証することはできないんです」

「わかっています。でも、チャンスがあるというだけでも、私には奇跡のようですわ」

「奇跡は、彼がうまい具合に頭を打ったことです。あれがなければ、そのかけらは永久に視神経を圧迫し続けていたんですから。私には、まるで見えない手があなたを押して、ご主人の上に倒れさせたとしか思えません。本当に好運な出来事でした」

「信じられませんわ。バンスは私に一言も話してくれませんでしたもの」

「それはそうでしょう。ご主人は現在微妙な状態ですから、あなたがここにいることも、あなたが手術について知っていることも、内緒にしておきたいんです。どんな種類のものであれ、回復期間中に精神的な衝撃を与えたくないのでね。心と体は微妙に影響し合いますから」医師はリビーの腕に優しく手を置いた。「ここにはいつでもいらしてください。

彼の部屋にいてもいいんですよ。ただ、音をたてたりして、あなたがいることをご主人には知られないよう注意してください。病院の者には、あなたを無視するよう指示を出しておきます。包帯が取れ、最終的な結果が出たら、再び闘いを続けられますよ」

リビーは涙を浮かべたまま笑った。「まるで戦争みたい」

医師はにやりとした。「じゃあ、私はほかに診なければならない患者がいますので」

リビーは彼の大きな手を自分の両手で包んだ。「ありがとうございました。何と申し上げればいいか……」

「ご主人は九時ごろまで回復室におられます。何か食べて、気分を楽にしたらどうです？　まだ時間はたっぷりありますよ」医師はそう言うと看護師詰め所の方に向かった。

医師の助言に従って、リビーはカフェテリアに行って早めに食事をすることにした。もしかしたらバンスの視力は戻らないかもしれない。でも、少なくとも頭痛からは解放されるのだ。

突然リビーは、このニュースを一人胸にしまっておけない気持になり、カフェテリアを出て電話を探した。みんなを電話で起こしたって構わないだろう。バンスには、彼を愛している人たちの祈りが必要なのだ。

まず、バンスの父親に電話した。父親もリビーも感激で胸がいっぱいになり、しばらくはほとんど会話ができなかった。リビーの両親もやはり同様だった。彼女は何かわかり次第連絡すると伝え、決してバンスに電話をしたりしないようにと強調した。

バンスが入ることになっている病室のある階に行ってみると、チャールズが廊下を行ったり来たりしていた。彼はリビーと一緒に数時間、病室に座ってバンスを待ったが、翌日の査問委員会に備えて書類の準備をしなければならず、九時近くに病院をあとにした。

九時半ごろ、部屋の外に物音が聞こえた。移動寝台で運び込まれるバンスを、リビーは立ったまま不安な気持で迎えた。頭と目の部分を白い包帯でターバンのように巻かれている。スティルマン医師から手術が成功したと聞かされていなかったら、バンスの様子を見てさぞ心配したことだろう。だがリビーは、イギリスでバンスの事故を知らされて以来初めて心の平安を感じた。事故のニュースを聞いたときの悪夢のような瞬間を思い出すと、いまだに背筋が寒くなる。それもはるか昔の出来事のように思えるけれど。

真夜中近くになって、バンスの意識が戻ってきたことにリビーは気づいた。彼は落ち着きなく、小さな声で意味のないつぶやきを漏らしている。リビーは壁のボタンを押して看護師を呼んだ。すぐに白衣を着たミセス・グラディが部屋に入ってきて、きびきびした足取りでバンスに近づいた。

「さあ、ミスター・アンソン」彼女は両手でバンスの手を取った。「もう大丈夫ですよ」

バンスの言葉がだんだん明瞭《めいりよう》になってきた。「どうなってるんです?」彼はささやくように尋ねた。「このさまざまな色は……僕の頭の中はいろんな色でいっぱいだ。リビー?

リビー？」バンスは救いを求めるようにリビーの名を呼んだ。リビーはくずおれそうになった。彼をこの手で包みたい。私の愛と力をすべて与えたい。「リビー、ダーリン……何とさまざまな色が見えるんだろう」彼は明らかに興奮状態にあった。

「大丈夫ですよ」ミセス・グラディの声はあくまでも優しかった。彼女はベッドの反対側に立っているリビーに物言いたげな視線を送った。「手術は成功しましたから、もうすぐ元気になりますよ、ミスター・アンソン」バンスの手をなでながら言った。優しい言葉に落ち着きを取り戻したらしく、バンスはすぐ眠りに落ちた。

彼が目を覚ましたとき、初めてしゃべったのが私の名前だった――その思いが、それから三日間、リビーを支えてくれた。医師や看護師、チャールズやピーターが入れ替わり部屋を訪れ、彼と話をしたり元気づけたりできるのに、リビーだけは部屋の中にいながら黙って見ていることしか許されないのだ。以前バンスと一緒に訪れた、事故の犠牲者の妻たちが見舞いに来てくれたとき、もう少しで泣き崩れるところだった。

リビーは夜になるとホテルに帰り、朝まだバンスが目を覚まさないうちに病室に忍び込んだ。バンスの顔をいつまで眺めても飽きることはなかった。術後の不快感がなくなり、バンスが次第に元気になっていくのがわかる。彼は絶えず頭に浮かぶイメージやさまざまな色についてしゃべった。それは視力が戻りつつある証拠だとスティルマン医師が、リビーと二人だけになったとき説明してくれた。その日はやがて訪れるだろう。しかし、完全に回復するかしないかは、誰にもわからないのだ。

その週の後半、医師が包帯を取った。リビーは椅子にかけて、両手を膝の上でぎこちなく組んでいた。

「さあ、いいよ、バンス。最後のガーゼが取れるところだ。何か見えると期待するんじゃないよ。まだ早すぎるからね。君に特別な眼鏡を用意してある。昼間はそれをかけ、夜眠るときにははずすこと。何か質問は？」

「ありません」その一言を聞いて、バンスがどれほど緊張しているか、リビーにはよくわかった。

包帯がはずされ、深みのある茶色の髪と、切開するためにそった部分が見えた。スティルマン医師は傷口を調べてガーゼを取り替え、バンスに眼鏡を渡した。

「どんな感じがする？」医師はバンスの脈をとった。

「圧迫感がなくなったようです」

「頭というのは、ほんのちょっとした異物や圧迫にも敏感に反応するんだ。今から数時間は、ゆっくりした動作をするように。新しい状態に慣れるためにね」

バンスのため息が聞こえた。「僕の視力に変化が表れるまで、どれくらい待たなければならないんでしょうか？　もし、変化があればですが」最後の言葉は低い声でつけ加えられた。リビーは彼を慰めることができたらという思いで唇をかんだ。

「それは自然の摂理に任せるしかないな。人それぞれのバイオリズムがあるからね。午後、看護師と一緒に廊下を歩いてみてごらん。体が元の状態に戻るにつれて、目の方もよくなるだろう。今が一番苦しいときだ。決して焦ってはいけない。あまり考え事をしないように。ラジオかテレビを聞きなさい。友達に本を読んでもらってもいいね」

「最後のはご免こうむりたいな」バンスが以前の面影を見せながら言ったので、リビーはほほ笑んだ。スティルマン医師が彼女の方を向いて挨拶《あいさつ》した。

それから三日間、朝と夕方スティルマン医師が診察をしたが、まだ何の変化も表れなかった。バンスはほとんど食欲がなかったが、食べようという必死の努力を見せるので、看護師たちはしかろうとはしなかった。

九日目、彼は部屋の中を歩き回った。杖《つえ》で辺りをたたきながら廊下に出、看護師詰め所の後ろ側にある冷蔵庫から飲み物を取った。落ち着いた顔をしているが、内心は不満と恐れでいっぱいであることがリビーにはよくわかった。その夜九時ごろ、スティルマン医師が診察にやってきた。バンスはテレビの前に置いてある椅子の上で手足を伸ばし、頭をクッションにもたせかけていた。眼鏡は手に引っかかっている。その姿は、目の見える人が退屈して眠り込んだとしか思えなかった。

医師はバンスを優しく揺さぶった。「バンス、ベッドに寝なさい。診察したいんだ」

バンスはゆっくりと立ち上がり、マットレスの上に体を横たえた。

いつもより診察に時間がかかっているようだ。「君は順調に回復しているよ、バンス。健康状態は申し分ない。何か変化は？」

「何もありません」

「そうだろうな。視神経が働きたがらないんだ。実に気難しい相手だからな」

「スティルマン先生！」バンスが医師の腕をつかんだ。「哀れむのはやめてください。僕にはわかるんだ。やっぱりだめだったんでしょう？」

「君はまだ通常の回復期間にある。術後十日たったら哀れむことにしよう。いいかな？」

「すみませんでした」バンスの手が力なく落ちた。

「謝ることはない。君は同じような状況にあるほかの誰よりも立派に耐えている。明朝また会おう。眠る前に看護師を二人よこしてマッサージをさせるよ。リラックスできるだろうから」

リビーはその機会をとらえて、医師と一緒に廊下に出た。「私を看護師の一人にしてくださいませんか？　今だけでいいですから。ミセス・グラディの言うとおりにしますわ」

「もちろん構いませんよ」

数分後、リビーとミセス・グラディはタオルとローションを持ってバンスの部屋に入った。「さあ、ミスター・アンソン、マッサージに来ましたよ。眼鏡を取って、うつ伏せになってくださいな」

バンスは眼鏡を取り、顔をしかめながらパジャマの上を脱ぎ、うつ伏せになった。ブロンズ色をした筋肉質の背中を前にして、リビーは目がくらむ思いだった。用心深くローションをしぼり出し、右半身をマッサージし始めた。

「まるで天国にいるような気持だ、ミセス・グラディ」

「そうでしょう。気を楽にして。眠ってもいいんですよ」ミセス・グラディは熟練した手つきで体をもみほぐしながら、母親のように優しく言葉をかけた。リビーは首筋に手を移し、硬くこわばった筋が柔らかくなるまで優しくもんだ。しかし背中に頬を押し当てて抱きしめたいという衝動に駆られ、後ろを向いた。彼に触れるなんて、私は愚かだった。

「やめないでくれ」バンスがうめくように言った。「いくらでも金は払うから、続けてくれ。あと三十分続けてくれたら、一日分の給料を払おう」

ミセス・グラディの大きな笑い声が響き渡った。リビーの唇にも笑みが浮かんだ。「さあさあ、ミスター・アンソン、ほかにもお世話する患者さんがいるんですよ。いらっしゃい、シスター」ミセス・グラディはリビーに素早い視線を投げると、部屋を出ていった。

リビーは、いつも座っている部屋の隅の椅子に腰かけ、バンスがパジャマの上を着、ベッドカバーの下に体を横たえるのを見守った。バンスはときおりため息をついたけれど、マッサージの効果があったのか、いらいらしている様子はなかった。彼が眠りにつくとたいていリビーはホテルに戻るのだが、今夜はもうしばらくいようと思った。いつバンスの視力が戻るかわからないから。

そのときには彼のそばにいたい。でも、やはりホテルで知らせを待つことにしようか。彼を抱きしめて愛したいと思いながら同じ部屋にはいられない。もしバンスが私に気づき、そのために回復に支障が出ては大変だ。

やがて規則正しい安らかな寝息が聞こえてきた。

靴を手に持ってリビーは立ち上がり、最後に一目だけ彼を見ていこうと爪先立ってベッドのそばに寄った。バンスは横向きに眠っていた。その顔は穏やかだった。彼女は、額に落ちかかっている髪に手を触れたくなった。愛情と優しさがどっと押し寄せ、リビーは涙ぐんだ。

「お願いです、神様、助けてください」彼のもとを離れる前に、リビーはそうつぶやいていた。

「リビー?」

彼女は息をのみ、信じられない思いでバンスに目を向けた。彼はベッドに体を起こし、床に足をつけようとしている。

「僕が、君の手の感触やにおいに気づかないと思ったのか? 目の見えない人間は、ほかのあらゆる感覚が信じられないほど働くんだ。あの夜、君のたとえようもない感触は消し去ることのできない印象を僕に残した。あの感触をもう一度思い出したい。ここにおいで、リビー」

彼女は狼狽《ろうばい》した。もしバンスが、私を愛したすぐあとでまた拒絶するつもりなら、応じるわけにいかない。恐怖が彼女の心臓をわしづかみにした。

「バンス、私、ここにいることを決してあなたに知らせるつもりはなかったの」熱い涙が流れ落ちた。「許してちょうだい。あなたを傷つけるつもりじゃなかったのよ。ただあなたのそばにいたかったの。ほかの人は誰でもあなたにつき添うことができるのに、私だけできないなんて、我慢できなくて。ごめんなさい、もう行くわ」

「僕を怖がらないでくれ、スイートハート」彼の優しい言葉を聞いて、リビーは武装を解いた。「僕は、君がすくみ上がるほどひどいことをしていたのか。聞いてくれ、君のいない人生など生きる値打ちのないものだとわかったんだ。目が見えても見えなくても関係ない。視力を失うより、君をもう二度と抱けないと思うことの方が、千倍も万倍も苦しいとわかったんだ」

リビーは息もできなかった。この言葉を聞くために今まで生きてきたのだという気がした。彼女の喉から低いうめきが漏れた。

「愛している、リビー。命よりも君が大事なんだ。もし、もう一度チャンスを与えてくれたら、今度こそ本当の夫になるよ。僕らの愛は決して消えてない。君がそれを実証してくれた。時がたとうと、境遇が変わろうと、僕らの気持は変わらない」バンスは震えるような吐息をついた。「君をどんなふうに扱ったかを考えると、いくら軽蔑《けいべつ》されても当然だ。でもお願いだから、僕から離れないでほしい」その声には切実な響きがあった。

リビーは彼に寄り添い、両手で顔をはさんで自分の胸に当てた。「あなたを愛しているわ」茶色い髪の上からリビーはささやいた。「ああ、バンス……もしもあなたの視力が戻らなくても、どうか、どうかお願いだから、気にしないでちょうだい。私にはあなたが必要なの。あなたのためならどんなことでもするわ」

バンスは腕をほっそりした体に巻きつけ、長い間彼女を抱きしめていた。「君が僕を愛してくれている限り、何も問題じゃない、リビー。許してくれ。僕たちの結婚をあんなふうにしてしまって。君がじっと耐えてくれてよかった」

リビーは口をきくこともできず、ただバンスを強く抱きしめた。あまりの幸せに胸が破裂してしまいそうだった。

「麻酔が切れたとき、僕は君のことしか考えられなかった。でもすぐに、君はイギリスに帰る飛行機の中だと思い出した。そのときの気持といったら、目が見えなくなったとわかったときよりもひどかった。君がほかの男を愛することを考えただけでも気が狂いそうになった。君が戻ってきてくれたらどんなにいいかと祈ったよ」

リビーはバンスの喉に唇を寄せた。「でも私は、一度もこの土地を離れてないのよ」

バンスは体を震わせた。「君の演技は真に迫ってたよ、ミセス・アンソン。離婚に応じると言われたとき、僕は地獄の闇《やみ》に突き落とされた気がした」

「嘘《うそ》をついたのよ。あのときはそうする以外にどうしようもなかったから。でも、これからは決して、あなたに嘘をつかないと約束するわ」

バンスは熱い唇を柔らかい首に押し当てた。「決して離れないでくれ。僕の願いはそれだけだ。さっき君の手の感触に気づいたとき、夢を見ているのかと思った。あんな振る舞いをしたあとでは、僕の願いが聞き届けられるとは思わなかったんだ」

リビーは彼の膝にのり、顔に優しくキスをした。まだ信じられない思いだった。もし夢を見ているなら、目を覚ましたくない。「あなたから離れることなどできなかったの。あなたがいなければ、私の人生には何の意味もなくなるんですもの」彼女はバンスの巻き毛に指を絡めた。「目が見えない状態がどういうものか、私にはとうていわからないけど、あなたがいない人生よりもひどいものじゃないということだけは言えるわ。イギリスから飛んできて、病室であなたに会ったあと、すぐに帰れと言われたときの惨めな気持といったら……。だって、イギリスにはあなたはいないんですもの」

「つらい思いをさせた僕を許してほしい」彼はリビーの唇に唇を触れたままささやいた。

「何も許すことなどないわ。あなたを愛してる」

バンスの飢えたような唇が唇を覆った。

彼は素早くリビーを抱え上げ、ベッドの上に横たえた。「退院したらすぐ、ハネムーンに出かけよう。何カ月も何カ月もずっと君を独り占めにするんだ。この幸せが本物だと心から納得するためには、それくらいかかる」彼の手がリビーの体をたどった。「夢じゃないだろうね、君は本当にここにいるんだね、僕の大事な人。君は本当にきれいだ。あまりきれいで胸が痛むほどだ」

リビーは小さく吐息をついたが、自分たちが病院にいることを思い出した。何もかも忘れてしまいそうだ。「バンス……いつ誰が入ってくるかわからないわ」髭《ひげ》でざらざらする顎に唇を触れながらつぶやいた。

「僕は病院に金を払ってこの部屋を借りてるんだ。ここで自分の妻を抱いても、誰にも口出しすることはできないさ」その口調が、事故に遭う前の彼を思い出させた。他人の思惑を気にしない、自信に満ちた言い方だった。「マーティンたちが正式に告訴され次第、二人で旅に出よう。どこでも君の好きなところに」

「実を言うと、私、農園に二人でこもりたいの」

「農園？」バンスの顔に驚きが表れた。

「私にとっては世界で一番美しいところだわ。どうか、どうかお願いだから、あそこを売らないでちょうだい。私には耐えられないの」

バンスは高らかに笑った。「ああ、リビー」彼は強くリビーを抱きしめた。「僕は君にふさわしくない男だ」

リビーは物問いたげな目で彼を見つめた。

「初めて君に会ったとき、僕がどう感じたか、とうてい君にはわからないだろう。もし僕たちが文明社会に生きているのでなければ、あの夜、父の客間から君を誘拐してケニアに連れてきていただろう。しかし、まだ学校に通っていた君が、全然違う環境に耐えられるかどうか心配だった。だから、三年近く待っていたんだが、僕の我慢も限界に近づいていた。それでもやはり、あんな人里離れた寂しいところが気に入るとは考えられなかった。農園を見た最初の日、君は実にうれしそうだったが、僕のために気に入ったふりをしているだけだと思ったんだ。君を抱かせてくれ、リビー」

数時間後、夜明けの光が病室の窓を通してベッドに差し込んだ。リビーは朝の光の温かさを感じ、体を動かそうとした。しかしバンスの腕にしっかりと抱きしめられていた。目を開けるとバンスはもう目覚めていた。ベルベットのような茶色の目が、愛撫《あいぶ》するようにリビーの顔を見つめている。その様子には、何か今までと違うところがあった。彼女は息を詰めた。

「バンス？」

「動かないで」彼はささやいた。「静かに横になっているんだ。君を見せておくれ、リビー。もし僕の目が見えているなら、君はいま淡いブルーのスカートとブラウスを着ているね。それとも僕は夢を見ているのだろうか」その声には不安と、自分でも信じられないという思いとがまざり合っていた。

夫を見つめるリビーの目が涙でかすんだ。「夢じゃないわ。あなたの視力が……戻ったのよ！　い、いつから？」

「よくわからない」バンスはベッドの上に座りながら言った。「しばらく前に目を覚ましたんだが、初めは周りのものが影のように見えたんだ。これはどういうことだろうと思いながら目を閉じ、再び開けたとき、君の顔がはっきりと見えた。でも、困ったことに君のイメージは、頭にも心にも長い間あまりはっきりと刻みつけられていたので、僕にはどうしても……リビー！」彼は大声を出した。「本当に君が見える！」バンスの目に涙が光った。「僕の美しい、大事な奥さんだ」彼はリビーに目を走らせた。「感動したとき、君の目には紫色の炎が燃え上がるのを知っているかい？」キスをしながら両手を彼女の肩から腕に滑らせ、手を取って自分の胸の上に置いた。「君の真心のおかげだ、リビー」

リビーの顔に輝くような笑みが浮かんだ。「スティルマン先生は、私たちが遠乗りしたときに起きた事故は、きっと誰かが仕組んだんだろうとおっしゃってたわ」

バンスはリビーの手のひらに優しくキスをした。「もし君が僕を見捨てていたら、どうなっていただろう。あの最初の日に君がロンドンに帰っていたら」彼は再びリビーを抱きしめた。「決して僕から離れないでくれ」

「おはようございます、ミスター・アンソン」ミセス・グラディの声が聞こえた。「とってもきれいな朝ですよ」そこで彼女は突然立ち止まった。「まあ、ミスター・アンソン！」

リビーはバンスの唇から急に唇を離し、ベッドから下りた。バンスがくすくす笑い出した。まぶしいような笑顔だ。「本当にきれいな、すばらしい朝だ、ミセス・グラディ。あなたの目の色がそんなにすてきな青だとは、夢にも思いませんでしたよ」

「そうだったの！　視力が戻ったのね！」ミセス・グラディも目を輝かせた。「まあ、事情が事情だから、私も今目にしたことを報告しないでおきましょう。でも気をつけなさい。もうすぐスティルマン先生が回診にいらっしゃいますよ。先生に心臓麻痺《まひ》など起こしてもらいたくないでしょう？」

「おっしゃるとおりだ、ミセス・グラディ」バンスはリビーにほほ笑みかけた。「僕は今朝花嫁を連れてここを出ていきます。だから、さようならとありがとうを言っておかなければ。あなたには実の母にも劣らないくらい親身に世話をしていただきましたね」

ミセス・グラディの顔が輝いた。「あなたみたいな人なら、木の上の鳥だって魅惑できますよ。かわいいお嫁さんによくしてあげるんですよ。あなたを守り、あなたのために祈ってきたのよ。私の生まれたところでは、彼女みたいな人を、〝妖精の贈り物を受けた人〟と呼ぶのよ」

「それはどんな贈り物ですか、ミセス・グラディ？」バンスが尋ねた。

「変わらない心よ、ミスター・アンソン。めったにないものだわ」

ミセス・グラディが部屋を出ていった。リビーは差し出された手を握り、彼の腕の中に戻った。

「君が、リビー、僕を闇の深淵《しんえん》から光の中に連れ出してくれた」彼の目は潤んでいた。

「お返しに君には世界をあげよう」

リビーの目が紫色に燃え上がった。「あなたが私に結婚を申し込んだとき、私は世界をもらったのよ。でも、しばらく世界なんか忘れていたい。あなたと二人きりでいたいの」

リビーはバンスをベッドの上に優しく横たわらせ、深い口づけをした。

そのときドアの外に話し声が聞こえて、リビーは頭を上げた。しかしバンスは彼女の顔を両手にはさんで放そうとしなかった。「もうこれから君を僕の手から放したりはしない。僕の目からもね」

●本書は、1990年9月に小社より刊行された作品を文庫化したものです。

暗闇の中の愛
2024年4月15日発行　第1刷

著　　者／レベッカ・ウインターズ
訳　　者／東山竜子（ひがしやま　りゅうこ）
発 行 人／鈴木幸辰
発 行 所／株式会社ハーパーコリンズ・ジャパン
東京都千代田区大手町 1-5-1
電話／04-2951-2000（注文）
0570-008091（読者サービス係）
印刷・製本／中央精版印刷株式会社
表紙写真／© Kirill_grekov | Dreamstime.com

ISBN978-4-596-54023-2

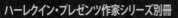